AKAMATSU

Story: SHOOWA
Art: Hiromasa Okujima

3

SEVEN

CHARAKTERE

Seven Kanzaki

Hauste zuerst im Park, kam danach aber bei Akamatsu unter. Hilft ihm gern mit seiner Familie und steht ihm bei. Wird von irgendwem verfolgt und ist ein rätselhafter Typ.

Aisuke Akamatsu

Draufgänger, der versucht, seinen sexuellen Frust mit Kämpfen loszuwerden. Fühlte sich bei seiner Familie nicht wohl und lebt seitdem in seiner eigenen Wohnung. Ist schwul.

AKAMATSU & SEVEN

WAS BISHER GESCHAH

Anfänglich rauften sich Akamatsu und Seven nur, doch während die beiden ihr turbulentes Zusammenleben ausloten, entwickelt sich zwischen ihnen rasch mehr. Die anfängliche Verwirrung über Sevens plötzlichen Kuss ist längst verflogen. Seit Akamatsu den Kuss erwidert hat, gehen die beiden öfter mal auf Tuchfühlung. Unterdessen ist Sevens Adoptivbruder Eight auf der Suche nach seinem Bruder und freundet sich mit Akamatsu an, ohne seine Identität preiszugeben. Mit K.-o.-Tropfen betäubt er Akamatsu, um ihn aus Hass auf Seven zu vergewaltigen, doch der kann seinen Liebsten in letzter Sekunde retten. Am nächsten Morgen wacht Akamatsu bei sich zu Hause auf und von Seven fehlt jede Spur ...

INHALT

STORY: SHOOWA

ART: Hiromasa Okujima

Kapitel 12
Akamatsu & Seven

AN-WESEN-HEIT!
AKAMATSU!
IST AKAMATSU NICHT DA?
HEY!
HACH ...
WER NUR SEUFZT, GILT ALS ABWESEND!
KATO!
HAAACH ...
DU AUCH?
ER IST SEITDEM NICHT MEHR NACH HAUSE GEKOMMEN.
AN DEM TAG BIN ICH MIT ZU EIGHT GEGANGEN UND WAR AUF EINMAL TODMÜDE.
ICH WAR WOHL DRAUF UND DRAN, VERGEWALTIGT ZU WERDEN.

... VERSCHWUNDEN.
?
UND ALS ICH WIEDER WACH WAR, WAR ER ...
UND IRGENDWIE WAR SEVEN DANN AUF EINMAL AUCH DA.
SEVEN KANZAKI
SPARBUCH
ICH WOLLTE NICHT ZU NEUGIERIG SEIN UND HAB IHN NIE ÜBER SEINE VERHÄLTNISSE AUSGEFRAGT.
ER HATTE MAL ERWÄHNT, DASS SEINE ELTERN NICHT MEHR LEBEN.
DING DONG
DANG DONG
ALS WOLLTE ...
... ER SICH ENTSCHULDIGEN.

EIGHT KANZAKI.
SEVEN KANZAKI.
WAS HAT DAS NUR ZU BEDEUTEN?
ICH KOMM VOLL NICHT MEHR MIT!
TMP
TMP

BIN WIEDER DA.
NOCH IMMER ...
... NICHT ZURÜCK.
RTT RTT
Mapo-Tofu
(1) Im Gefrierfach
Haltbar bis 24. Juni
(2) Im Kühlschrank
Bald essen

NO, STOP THE CONTAINER.
APPLY FOR EZM FIRST, IT TAKES AT LEAST THREE DAYS TO EXIT MANILA PORT, SO ...
WENN DIE SO TUN, ALS WÜRDEN SIE KEIN ENGLISCH VERSTEHEN, LASS EIGHT WEITER-MACHEN!
UM 14 UHR GEHT UNSER ERSTER DEAL MIT HERRN RABA ÜBER DIE BÜHNE. KANNST DU DIR AUS DER FERNE ANSEHEN, WAS DAS FÜR EINER IST, SEVEN?
NUR, UM SICHERZUGEHEN, DASS ER ALLEIN IST UND KEINEN ÄRGER MACHT.
HERR TAKANAMI, ICH HABE IHNEN DOCH GESTERN GESAGT, DASS ...
JAJA. KEIN DROGENHANDEL FÜR DICH.
MUSST JA AUCH NICHTS WEITER TUN, ALS DORTHIN ZU GEHEN UND EIN WACHSAMES AUGE AUF DIE SITUATION ZU HABEN.

SEVEN IST EIN BODY-GUARD!
UND DANACH LASSEN SIE IHN DANN KRUMME DINGER DREHEN, ODER?
WUNDERT DICH DAS? ICH WILL MIR ERST MAL EIN GENAUES BILD VON IHM MACHEN.
WIE UNFAIR! ICH KRIEG DIE RISKANTEN JOBS UND ER MUSS EINFACH NUR WEN BEOBACHTEN?
ODER NICHT?
VON WEGEN! ICH BIN AUF DIE KNIE GEFALLEN UND HAB IHN LIEB DARUM GEBETEN! DAFÜR HAB ICH EINE BELOHNUNG VERDIENT!
UND ÜBERHAUPT, DU HAST IHN DOCH BESTIMMT AUCH NUR MIT EINEM SCHMUTZIGEN TRICK HIERHERGEHOLT, ALSO KOMM MIR NICHT SO!
DAFÜR WERDET IHR'S BEI MIR ABER BESSER HABEN ALS VORHER.
ICH ZÄHL AUF EUCH, SEVEN.
FTSCH
SCHNAUZE JETZT! WIRD WOHL NOCH 'NE WEILE DAUERN, BIS IHR EUCH EINGEWÖHNT HABT.

ZWEI MONATE ...
... GING ES GUT.
...
SOLL ICH WIEDER ABHAUEN? IM RICHTIGEN MOMENT?
EIGHT HAT GESAGT, TAKANAMI WÜRDE IHN UMBRINGEN, UND DAS WIRD ER AUCH.
BOFF
WÄRE EIGHT ZU TÖTEN DIE LÖSUNG?
WÄRE JEDENFALLS NICHT OHNE RISIKO ...
HAAAH

FWUUUPP
OH.
SEINE BOXERSHORTS. DIE HATTE ICH NOCH VON NEULICH IN MEINER TASCHE.
TUT MIR LEID!
ZOPP
WAH!
WIE'S IHM WOHL GEHT? OB ER ZUR SCHULE GEHT UND GENUG ISST?
Nicht, dass ich dran schnüffeln würde. Riecht sowieso nach nichts.
OB ER SICH OHNE MICH MIT ANDEREN PRÜGELT?
WAR NICHT COOL, IHN SO KURZ VOR DEN PRÜFUNGEN ALLEIN ZU LASSEN.
HM.

ACH ...
IST VIELLEICHT BESSER, DASS WIR UNS JETZT GETRENNT HABEN.
ER SOLL ZURÜCK ZU SEINER FAMILIE, ZUR UNI GEHEN UND SICH EINEN ANSTÄNDIGEN FREUND FÜR EIN NORMALES LEBEN SUCHEN.
„DU WIRST NIE SO EIN LEBEN FÜHREN WIE ER!"
WAS WEISS DER SCHON!

KATO!
Hier!
GUT, AKAMATSU IST ANSCHEINEND TOT.
IHR KENNT DAS JA SCHON. CHECKEN WIR DIE ANWESENHEIT!
SEVEN
SCHWÄNZ BLOSS NICHT DIE SCHULE! UND ZIEH AM BESTEN WIEDER ZU DEINEN ELTERN!
GELESEN
WO STECKST DU?! IST WAS PASSIERT? ALLES OKAY?
18:16
SAG BESCHEID, WENN DU ZURÜCKKOMMST!
18:18
26.6.
LEBST DU NOCH?
10:55
UNGELESEN
ICH WOLLTE NICHT, DASS ER MICH FÜR EINEN LOSER HÄLT, WENN ER ZURÜCKKOMMT. ALSO HAB ICH GEBÜFFELT WIE EIN BLÖDER, UM GUT DAZUSTEHEN, ABER IRGENDWIE …
SHIT! MACHT MICH DAS FERTIG, ALTER! ICH KANN NICHT MEHR!
BONK
Lunger da nicht rum und geh nach Hause!
Was stimmt nicht mit dir, Akamatsu? Zeit fürs Mittagessen!
WIE SOLL ICH MICH DA BITTE AUFS LERNEN KONZENTRIEREN, HÄ?! ICH DENK STÄNDIG NUR DARAN, WIE'S IHM WOHL GEHT! KOMM MAL KLAR, ALTER!

Ich bin so einsam!
ER WIRD HEUTE BESTIMMT AUCH WIEDER NICHT AUFTAUCHEN. ICH KÖNNTE NOCH BEI MEINER FAMILIE VORBEISCHAUEN ...
ODER SOLLTE ICH IHN LANGSAM ALS VERMISST MELDEN?
AKAMATSU?

WUOMM
BIST DU AISUKE AKAMATSU?
ÄH.
WAS IST DAS DENN FÜR EINER?!
UND WAS GEHT MIT DER KRASSEN FRIESE?!
Die Schmalzlocke hab ich noch nie hier gesehen!
GWO GWO GWO
FREUT MICH, DICH KENNENZULERNEN.
ICH BIN SA-CHI-KO.
GWO GWO GWO

DANN WAR ER DERJENIGE, DER IHN KONTAKTIERT HAT?
ALSO ...
ICH WOLLTE NUR SEINE RESTLICHEN SACHEN ABHOLEN.
SAGST DU MIR, WAS IHM GEHÖRT?
MIT DEM SPARBUCH KANNST DU ÜBRIGENS TUN, WAS DU WILLST.
WHOA, DIESES HEMD. SO VERRÜCKT KANN NUR ER SEIN.
Dein Hemd ist auch ganz schön wild, weißt du!
ÄH, SACHIKO?
IST IHM ... WAS ZUGESTOSSEN? ICH ERREICHE IHN PLÖTZLICH NICHT MEHR UND HAB KEINE AHNUNG, WAS MIT IHM LOS IST.
ER HAT MICH NUR GEBETEN, SEINE SACHEN ABZUHOLEN. TUT IHM WOHL LEID, DASS ER VON HEUTE AUF MORGEN VERSCHWUNDEN IST.
ER LEBT, ALSO MACH DIR KEINE SORGEN.

...
DANN KOMMT ER ALSO NICHT WIEDER?
SIEHT SO AUS, JA.
DANN SEH ICH IHN NIE WIEDER?
...
AKAMATSU.
DU WARST NEULICH WIRKLICH IN GEFAHR, ODER?
IST NICHT LEICHT FÜR MICH, DAS ZU SAGEN, ABER IM GRUNDE WILL ER DICH NUR BESCHÜTZEN.
VERSTEH DAS BITTE.
WAR DAS ALLES?

VERSTEHEN SOLL ICH DAS?
WIE DENN, WENN ICH FAST NICHTS VON IHM WEISS?!
IST ECHT ERBÄRMLICH, DASS ICH NACH FAST ZWEI GEMEINSAMEN MONATEN ...
... EIGENTLICH NUR WEISS, WIE TÖDLICH SEINE FÜRZE SIND UND DASS ER AUF KNALLIGE UNTERHOSEN STEHT.
SOLANG ICH IM DUNKELN TAPPE, KANN ICH SCHLECHT VERSTÄNDNIS FÜR IHN AUF-BRINGEN.

KRTT
KRTT
HAAAAH!
ER IST IM ALTER VON FÜNF JAHREN ALS WAISE NACH JAPAN GEKOMMEN.
ER WAR WIE EIN WELPE, DEN MAN VERSCHLEPPT HATTE.
ES BEGANN DAMIT, DASS WIR VOR 17 JAHREN MIT DEM TIERHANDEL ANFINGEN. DAMALS GAB ES BEIM ZOLL NOCH SO EINIGE SCHLUPFLÖCHER.
ICH UND MEINE KUMPELS WAREN NOCH JUNG UND HABEN VIEL MIST GEBAUT.
EINES TAGES TAUCHTE DANN SEVENS VATER, EIN DEALER, BEI UNS AUF.
ICH SCHÄTZE MAL, ER WOLLTE SICH UND SEINER FAMILIE MIT DEM ILLEGALEN TIERHANDEL EIN BESSERES LEBEN ERMÖGLICHEN UND RAUS AUS DEM ELENDEN SLUM, IN DEM SIE HAUSTEN.
ER HATTE KEINE AHNUNG VOM GESCHÄFT, EIN BLUTIGER ANFÄNGER. UND SO BRACHTE ER AM TAG DER ÜBERGABE AUCH SEINE FRAU UND SEIN KIND MIT.
MAGHINTÁY KA RITO.

KLECKER NICHT SO MIT DEM EIS!
FÜR GUT 'NE STUNDE HAB ICH IN EINER MALL IN DER NÄHE AUF DEN JUNGEN AUFGEPASST.
PASS DU AUF DEN KLEINEN AUF!
WAS?
ICH KAUF DIR AUCH EIN PAAR ROLLSCHUHE, WENN ICH ZURÜCK BIN!
OKAY!
NA JA, WIRD WOHL EH BALD ERLEDIGT SEIN.
GEHEN WIR.
Gehen! Gehen zurück!
Nein!
HEY! DU WEISST DOCH, DASS WIR HIER WARTEN SOLLEN!
DU LERNST UNSERE SPRACHE ECHT SCHNELL.

HEY! WEHE DU RENNST WEG UND VERLÄUFST DICH!
UND, SEID IHR FERTIG? ICH KOMM JETZT MIT DEM BENGEL ZURÜCK.
ES GAB EIN PROBLEM. DER EINE TYP HATTE 'NE KNARRE DABEI UND HAT AUF DEN DEALER GESCHOSSEN.
WAS?!
ABER ...
SETZ DEN KLEINEN IRGENDWO AB!
WARTE!
HE! DU KLEINER ROTZLÖFFEL!
BLEIB HIER!

NICHT REIN-GEHEN!

HAH!
HAH!

DER TYP, DEN WIR VOR ORT ANGEHEUERT HATTEN, ENTPUPPTE SICH ALS BEWAFFNETER JUNKIE.
ES GAB EIN MISS-VERSTÄNDNIS UND DIE SITUATION ESKALIERTE.
ZUERST HAT ER SEVENS VATER ABGEKNALLT, UND ALS SEINE MUTTER SCHREIEND LOSRANNTE, AUCH SIE.
MAMA!
PAPA!
HAKO, WIE VIEL BARGELD HAST DU DABEI?
HÄ? UMGERECH-NET CIRCA 5.000 YEN*.
GIB ES DEM KLEINEN!

*CA. 38 EURO

HEY!!!
???
SRT
TSCHACK

IST DIE GE-LADEN?
VERLIER NICHT DIE NERVEN, KLEINER!
JA, MANN!
DER JUNKIE DA DRÜBEN WAR'S!
MAG-LAMING HIROLIAKO!
VERGISS ARME UND BEINE.
WENN DU IHN WIRKLICH TÖTEN WILLST, ZIEL AUF DEN KOPF ODER DAS HERZ!
NO!
NO!
NO!
NO!
PAMM

NICHT ÜBEL, DER KLEINE. KANZAKI, DU UND DEINE ALTE SEID DOCH INZWISCHEN GESCHIEDEN, ODER?
ÄH, JA ...
SUCH DIR 'NE NEUE, ADOPTIER DEN KLEINEN UND BRING BEIDE NACH JAPAN.
WAS?
DU HAST DOCH DIESEN JUNKIE ANGESCHLEPPT UND UNS DAS EINGEBROCKT!
ZURÜCK IM SLUM WIRD DER JUNGE BESTIMMT 'NE GANG GRÜNDEN.
ALTERNATIV KANNST DU AUCH VERSUCHEN, IHN HIER ZU ÜBERWACHEN. DU HAST DIE WAHL.
TAKASU HATTE SCHON DAMALS EINEN FESTEN PLATZ BEI DEN YAKUZA. KANZAKI KONNTE IHM NICHT WIDERSPRECHEN.

SO KAM SEVEN NACH JAPAN ...
... UND FAND IN EIGHT EINEN BRUDER. KANZAKIS EXFRAU HATTE IHN ZURÜCKGELASSEN.
AM ANFANG VERSTANDEN DIE BEIDEN SICH PRÄCHTIG, FAST WIE RICHTIGE BRÜDER.
DANKE FÜR IHRE GUTE ARBEIT, HERR ISHIDA. TAKASU IST RUNDUM ZUFRIEDEN.
AUF WEITERHIN GUTE ZUSAMMENARBEIT.
MAL UNTER UNS ...
EIGHT IST WIRKLICH SÜSS, ODER?
ER SELBST MAG NICHT, DASS ER DER KLEINERE IST.
ABER GENAU DAS GEFÄLLT MIR!

ALLES FING MIT EIN PAAR BELANGLOS DAHINGESAGTEN WORTEN EINES KUNDEN AN.
EIGHT.
HERR ISHIDA IST EIN WICHTIGER KUNDE. DU WÜRDEST MIR WIRKLICH HELFEN, WENN DU JETZT MITMACHST.
ER IST KEIN SCHLECHTER MENSCH, ALSO TU EINFACH, WAS ER DIR SAGT, JA?
PAPA ...
WAS DANN PASSIERTE, HAT SICH SCHNELL IN DEN ENTSPRECHENDEN KREISEN RUMGESPROCHEN ...
SEVEN KONNTE SONST NIRGENDWOHIN.
ER HATTE KEINE WAHL, WENN ER HIERBLEIBEN WOLLTE.
... UND SCHON BALD WAR ES NORMAL, DASS SICH EIGHT UND SEVEN UM UNSERE KUNDEN KÜMMERTEN.
DIE FORDERUNGEN DER KUNDEN WURDEN IMMER KRASSER.
ICH WILL, DASS IHR'S TREIBT.
ZEIGT IHR MIR, WIE IHR EUCH GEGENSEITIG RANNEHMT?

WHOA! WIE GEIL!
HAKO.
KANNST DU MICH NICHT ADOPTIEREN?
WAS REDEST DU DA? KANZAKI IST DOCH STINKREICH! WENN DU DICH ANSTRENGST, SCHICKT ER DICH AUF EINE GUTE SCHULE. DAS IST GOLD WERT!
EIN VOR-BESTRAFTER WIE ICH KANN DICH NICHT ADOPTIEREN UND EIN GUTES LEBEN KANN ICH DIR ERST RECHT NICHT BIETEN.
ICH HATTE SEINEN HILFERUF ALS PUBERTÄRES GESCHWÄTZ ABGETAN UND EINFACH NICHT VERSTANDEN, WAS ER MEINTE.

ZU DER ZEIT IST UNS DANN AUCH TAKANAMI BEIGETRETEN. ER BEMERKTE ALS ERSTER, DASS MIT EIGHT IRGENDWAS NICHT STIMMTE.
HEUTE ABEND UM ACHT, OKAY?
?
ALLES OKAY BEI DIR, EIGHT? ZWINGT ER DICH ZU IRGENDWAS?
MIR KANNST DU'S SAGEN.
TAKANAMI HATTE DEN RICHTIGEN RIECHER UND NACHDEM ER MEHR INFOS ÜBER DEN KUNDEN UND KANZAKI EINGEHOLT HATTE, STAND ER WENIGE TAGE SPÄTER UNGEFRAGT BEI KANZAKI AUF DER MATTE.
WAS ZUR HÖLLE IST HIER LOS, KANZAKI?!

AN DEM ABEND HATTE EIGHT SEIN LIMIT ERREICHT.
HEY! ALLES OKAY?
...
EIGHT IST DURCHGEDREHT UND HAT AUF DEN MANN EINGESTOCHEN. ICH HAB IHN AUFGEHALTEN.
DER TYP HAT AUF EIGHT EINGESCHLAGEN!
SCHEISSE NEIN! WIE STEHE ICH DENN DANN DA?!
SIND SIE VERLETZT? SOLL ICH DEN NOTARZT RUFEN?
ALTER, DU ZWINGST DEINE JUNGS ZU SO WAS UND DANN SORGST DU DICH ZUERST UM DEN DRECKSKERL DA?!
BERUHIGE DICH, TAKANAMI.

...
KANZAKI ...
GEHT'S, EIGHT?
SORRY, DASS ICH ES NICHT FRÜHER BEMERKT HABE.
IHR HABT GELITTEN, ODER?
SEIT DIESEM VORFALL LEBTEN DIE JUNGS IN TAKASUS HAUS.
KANZAKI HATTE IN UNSEREM UNTERNEHMEN EINE ZU WICHTIGE POSITION INNE, ALS DASS TAKASU IHN EINFACH SO HÄTTE FEUERN KÖNNEN. TAKANAMI PASSTE DAS GAR NICHT.
AB DA FING SEVEN AN, UNS BEI DER ARBEIT AUSZUHELFEN. VON KLEINEN ERLEDIGUNGEN BIS HIN ZU PERSONENSCHUTZ HAT ER ALLES GEMACHT.
ER HAT EIN TALENT FÜR SPRACHEN UND IST EIN GUTER KÄMPFER. SELBST JETZT IST ER FÜR UNSER UNTERNEHMEN NOCH UNERSETZLICH.

ER IST IRGENDWANN EINFACH SO ABGEHALEN, ABER SO LEICHT WIRD ER SEINE VERGANGENHEIT NATÜRLICH NICHT LOS
UNSER BOSS GEHÖRT ZUR YAKUZA.
SEVEN UND EIGHT HABEN SICH UNZÄHLIGE MALE DIE HÄNDE SCHMUTZIG GEMACHT, WENN ES VON IHNEN VERLANGT WURDE.
AUCH WENN WIR GERADE IN RELATIV FRIEDLICHEN ZEITEN LEBEN, HAT SEVEN EINEN RUF, DER IHM VORAUSEILT, UND ENTSPRECHEND WIRD ER NATÜRLICH UMWORBEN.
IN UNSERER WELT KANNST DU NIE SAGEN, WANN UND WO ES DICH AUS HEITEREM HIMMEL ERWISCHT.
VERSTEH DAS BITTE.
...
GUT. VERSTANDEN.
Echt?

... HERUM-
GESCHUBST
...
... UND
AUSGE-
NUTZT.
...
IMMER
NUR
...
ER
WURDE
...
...
SEIN
LEBEN
LANG
...
ER
LIESS
ALLES
HINTER
SICH.
ABER DANN
BESCHLOSS ER,
SEIN LEBEN SELBST
IN DIE HAND ZU
NEHMEN.
„JAJA."
„AUCH BEI
DIR IST NOCH
LUFT NACH
OBEN, ALTER."
ER HAT
ES WEIT
GEBRACHT.

ER IST DIE ÜBELSTE KÄMPFERNATUR, MANN! ICH FEURE IHN MIT ALLEM, WAS ICH HABE, AN!
Äh, hast du mir zugehört?
ICH HAB VOLLSTES VERSTÄNDNIS FÜR IHN UND FÜR ALLES, DAS DU NICHT WAHRHABEN WOLLTEST!
UND JETZT RETTE ICH SEINEN ARSCH!
ÄH, AKA-MATSU?
Kapitel 12 – Ende

Kapitel 13
Akamatsu & Seven

AH, WARTE!
BATAMM
FUCK, MANN. ECHT JETZT?!
TATATAPP
TMP TMP TMP TMP
BATAMM
ÄH ...
UND WO STECKT ER JETZT?!
SEVEN, DEIN KERL IST NICHT DER HELLSTE, ODER?
Tell me! SACHIKO!

OKAY, DU WILLST IHM HELFEN. VERSTANDEN.
ABER BITTE OHNE DIE RENNEREI. EIN ALTER MANN IST KEIN D-ZUG.
GUT, TUT MIR LEID!
WENN SICH DIE CHANCE ERGIBT, WÜRDE ICH IHM AUCH GERNE HELFEN. ES GEHT NUR NICHT VON HEUTE AUF MORGEN.
VON MEINEN LEUTEN WEISS NIEMAND, DASS ICH HIER BIN. GESCHWEIGE DENN, DASS ICH MIT SEVEN IN KONTAKT STEHE.
WARUM GEHST DU DAS RISIKO EIN?
ER BEDEUTET MIR HALT EINFACH WAS. DAS IST ALLES.
ICH MELDE MICH, WENN WAS PASSIERT.
LEB DU ERST MAL NORMAL DEIN LEBEN WEITER.
Kann leider nicht sagen, wie lang das dauern wird.
ACH SO, SACHIKO IST NUR MEIN CODENAME. IN WIRKLICHKEIT HEISSE ICH HAKO.
WIR BENUTZEN DECKNAMEN, DAMIT WIR NICHT AUFFLIEGEN.
DU BIST AB JETZT „STACY", OKAY? SEVEN HEISST ÜBRIGENS „ANDREW".
Schick dir gerade 'ne Freundschaftsanfrage.
VRRR
WAS? STA...? ANDREW?

TAKASU.
OH, HATA. LANG NICHT MEHR GESEHEN.
GEHT'S GUT? EINMAL VEGGIE-TANMEN, BITTE!
JA, ALLES BESTENS.
KOMMT SOFORT!
Ist hier noch frei?
Bitte, setz dich.
NEULICH GAB'S EINE UNANGEMELDETE KONTROLLE DURCH DAS EINFUHRAMT.
EINER VON UNS MEINTE, TAKANAMI HÄTTE IHM DAS GESTECKT.
STIMMT. ICH HABE GEHÖRT, DASS ER JETZT EINEN ÄHNLICHEN JOB MACHT UND HAB MIT IHM GESPROCHEN.

VERSTEHE.
ABER WAS VIEL WICHTIGER IST ...
GEHT'S DEM JUNGEN VON DIR GUT?
WAS MEINST DU?
HAB GEHÖRT, DIE BULLEN BEOBACHTEN IHN.
WAS HAT ER AUSGE-FRESSEN?

WIR HABEN NOCH 'NE STUNDE ZEIT. LASS UNS WAS FUTTERN!
AKAMATSU WIRD SICH SCHON EINKRIEGEN. IHR WART JA SOWIESO NUR ZWEI MONATE ZUSAMMEN, ODER?
DAS IST SO, WIE WENN JEMAND FÜR KURZE ZEIT IM AUSLAND STUDIERT UND SICH DANN NACH DER RÜCKKEHR NICHT MEHR WIRKLICH BEI DEN NEUEN FREUNDEN IM AUSLAND MELDET.
WENN MAN WIEDER IM ALTEN TROTT ANGE-KOMMEN IST, VERGISST MAN EBEN DIE LEUTE, MIT DENEN MAN NUR KURZ ZU TUN HATTE.

ICH KANN DIR NACH DEM JOB EIN MÄDEL BESTELLEN!
NEIN, DANKE.
ODER LIEBER EINEN NIEDLICHEN TYPEN?
WAR 'N WITZ, MANN.
WARUM MELDEST DU DICH NICHT MAL BEI YURIKO?
SIE WAR TOT-UNGLÜCKLICH, ALS SIE DICH NICHT MEHR ERREICHT HAT.
OBWOHL DAS GESCHÄFT GERADE ÜBERALL SCHLEPPEND VORANGEHT, IST YURIKO OHNE DICH IMMER BESONDERS LAUNISCH UND KAUFT DANN AUCH NICHTS MEHR VON UNS. VATER HAT SICH DARÜBER BESCHWERT.
WAS JUCKT MICH DAS?
UND AUSSER-DEM ...

AUF WESSEN SEITE WILLST DU DICH SCHLAGEN?
HM, TAKANAMIS.
DAS GING BISHER NUR NOCH NICHT WIRKLICH, WEIL ICH NOCH IN TAKASUS PFLICHT STEHE.
DOCH JETZT, WO DU AUCH MIT AM START BIST, WÄRE ES ECHT LANGSAM AN DER ZEIT.
TAKANAMI BENUTZT UNS WENIGSTENS NICHT NUR UND BEZAHLT UNS ORDENTLICH.
DA FÄLLT MIR ZUMINDEST DIE ARBEIT UM EINIGES LEICHTER.
DIE KOHLE PASST SCHON, ...
... ABER DIE JOBS SIND ECHT KRASS.
DIE BULLEN IN JAPAN KENNEN KEINE GNADE.
FRÜHER ODER SPÄTER KRIEGEN SIE EINEN.
WENN'S SO WEIT KOMMT, DANN IST ES EBEN SO. SO SEH ICH DAS.

MITTEN IM BÜROVIERTEL AM HELLLICHTEN TAG ... ECHT MUTIG.
ております

GUTE ARBEIT, IHR BEIDEN.
WENN WIR ERST MAL DIE 200 HEIMTIERAUSWEISE HABEN, DÜRFTE DER REST VON SELBST LAUFEN.
IST EUCH JEMAND GEFOLGT?
NEIN, ALLES GUT. DEN SIND WIR LOSGEWORDEN.
MEIN BRUDER SPINNT TOTAL! ALS ICH NACH DEM DEAL RAUS BIN, STAND ER SAGE UND SCHREIBE 300 METER WEIT ENTFERNT!
DA WAR SO EIN KOMISCHER TYP. ICH HAB DIR EXTRA NOCH GESCHRIEBEN, DASS DU BESSER SOFORT ABHAUST!

ICH GEH JETZT ZU TAKASU, HAB DA NOCH WAS ZU ERLEDIGEN. BIS DANN!
JA, IST GUT.
ICH MACH AUCH 'NEN TERMIN MIT DEM KÄUFER AUS.
HERR TAKANAMI, VON WIE VIELEN LEUTEN KAUFEN SIE MOMENTAN?
WENN SIE AUSREICHEND WARE HABEN, WÄRE ES NICHT BESSER, ERST MAL DEN BALL FLACH ZU HALTEN?
SIE KÖNNEN DIE DEALS DOCH AUCH ANONYM ABWICKELN, OHNE DIESE TREFFEN.
DANN MÜSSTE SICH EIGHT AUCH NICHT SO OFT ZEIGEN.
OH, GIBST DU MIR AUS SORGE UM EIGHT RATSCHLÄGE?
ER IST JUNG UND DENNOCH EINFLUSSREICH. MANCHMAL IST ES EINFACH BESSER, WENN ER DIE KÄUFER PERSÖNLICH TRIFFT, UND SO WAR ES DIESMAL AUCH.
MACHST DU DIR SORGEN UM EIGHT? ICH DACHTE IMMER, IHR VERSTEHT EUCH NICHT.
TUN WIR AUCH NICHT.
ICH WILL NUR UNNÖTIGEN ÄRGER VERMEIDEN.

SIE VER-
TRAUEN IHM
ANSCHEINEND
SEHR.
JUPP.
SELBST WENN
SIE IHN KRIEGEN,
ICH GLAUBE NICHT,
DASS ER UNS
VERRATEN
WÜRDE.
DPP DPP
ER WIRD
UNS NICHT
HINTER-
GEHEN.
EIGHT
VERTICKT
DROGEN.

WISST IHR WAS DARÜBER?
GANZ SCHÖN STY-LISCH.
NEIN, NULL!
IST DAS NICHT SEVEN?
MEIN SPITZEL HAT BERICHTET, DASS DIE BEIDEN SICH MIT TAKANAMI ABGEBEN. ICH WAR AUCH BAFF.
ICH WUSSTE NICHT, DASS ER MIT SEVEN ABHÄNGEN WÜRDE.
DANN HABEN SIE IHN GEFUNDEN? WIESO REISS ICH MIR DANN DEN ARSCH AUF, UM IHN AUSFINDIG ZU MACHEN?
HAST DICH DUMM UND DÄMLICH GESUCHT, WAS, YAMA?
ABER DIE POLIZEILICHE UNTERSUCHUNG HAT DAMIT NICHTS ZU TUN, ODER?
NEIN, DABEI GEHT'S UM VERSUCHTEN MORD.
DROGEN UND MORD, HM? IST JA GANZ SCHÖN WAS LOS.
UND WAS IST MIT DIR? DU HAST NOCH KEIN WORT DAZU GESAGT.
ALLES GUT ...
ÄH, NICHTS ...

...
DU SOLLTEST LANGSAM WISSEN, DASS ES IN UNSEREM GESCHÄFT KEINE GEHEIMNISSE GIBT.
NA SCHÖN.
SIND WIR ZUR ABWECHSLUNG DOCH MAL EHRLICH ZU-EINANDER.
PACK ENDLICH AUS!

HÖR MAL. SELBST ICH PRÜGLE MICH MANCHMAL MIT EUREM VATER, DAS IST GANZ NORMAL!
NATÜRLICH NUR VERBAL. DER TRICK BESTEHT DARIN, KURZ VOR DEM GNADENSTOSS AUFZUHÖREN, WEIL DER ANDERE SONST NICHT MEHR AUFSTEHT.
KAUM VERMEIDBAR, DASS DABEI EIN BISSCHEN BLUT FLIESST. ABER SAG NICHT, SEVEN HAT DIR DEN ARSCH AUFGERISSEN?!
NEIN! BITTE HÖR AUF!
ICH BIN NICHT ZURÜCK, WEIL WIR UNS GESTRITTEN HABEN.
ICH WOLLTE ...
... MICH NUR AUFS LERNEN KONZENTRIEREN.
FWPP
DANKE FÜRS ESSEN! ICH HAU AB.
OKAY. MACH'S GUT!
MRAAAU!
IGNORIER-ER MICH NICHT!
FTT FTT
WIE GEHT'S DENN SEVEN?

ICH WOLLTE NUR WISSEN, WIE'S IHM GEHT UND ER KOMMT SOFORT INS SCHWÄRMEN!
OH! SOLCHE WORTE AUS DEM MUND MEINES SOHNES?
ER IST GUT IM SPAREN UND WÄSCHEWASCHEN UND MANCHMAL NERVT ER.
ER KANN ABER AUCH BRUTAL SEIN.
SO UNGLAUB-LICH LIEB.
ER IST SO LIEB.
...
HAU REIN!
ARSCH-BACKEN ZUSAMMEN-KNEIFEN!
ICH GEH PAU-KEN.
BTAMM

Okay. Schluss für heute.
Gehen wir einkaufen!
Ach verdammt!
Lass uns zusammen baden!
No way!
Iss deine Pilze!
Vergiss es!
Warum das Hemd schon wieder?
Ich will's einfach nicht wechseln.
Alle Zähne tippi toppi!

衣料洗剤
4
WANN HAST DU BESCHLOSSEN, DIE REISSLEINE ZU ZIEHEN?
SICHER HAST DU'S DIR GUT ÜBERLEGT, ODER?

NJPW

WENN'S NACH MIR GINGE, WÜRDE ICH DIR DAS GERNE ERSPAREN.
ment of Social Welfare an

WARUM RENNST DU NICHT WEG?
KLICK
WAS SOLL DAS, HAKO?!

ER MUSS MAL!
OH. ICH MACHE DAS.
WENN DU'S JETZT NOCH MAL VERSUCHEN WÜRDEST, KÖNNTEST DU ES SCHAFFEN.
Andrew
SACHIKO, KÖNNTEST DU BITTE MEINE SACHEN ABHOLEN?
DAS HAT ER BESTIMMT NUR GESCHRIEBEN, WEIL ER SICH SORGEN UM DIESEN TYPEN MACHT.
PFFT!
WIE OFT SOLL ICH TAKASU DENN NOCH HINTER-GEHEN?!
MIST!

IM GRUNDE IST ALLES WIE IMMER. SOBALD ICH MICH AUF DEN STÖPSEL EINLASSE, GIBT'S ÄRGER.
EIGHT.
ICH BIN ZURÜCK.
OH, HALLO.
IST HEUT WAS GUTES PASSIERT?
JUPP.
MERKT MAN DAS?

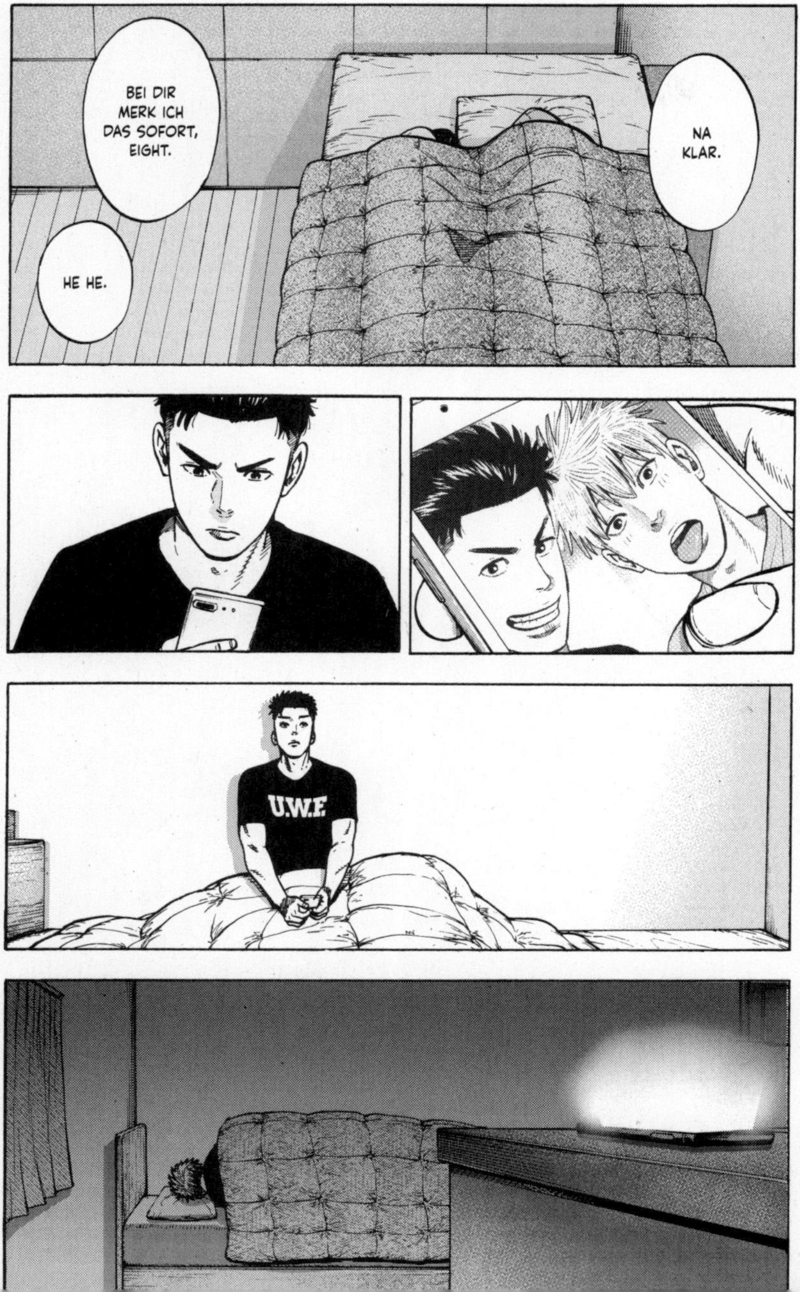
NA KLAR.
BEI DIR MERK ICH DAS SOFORT, EIGHT.
HE HE.
U.W.F.

SACHIKO
STACY, WEISST DU, WIE MAN EINE KARTE LIEST?
WHAT'S UP
SACHIKO

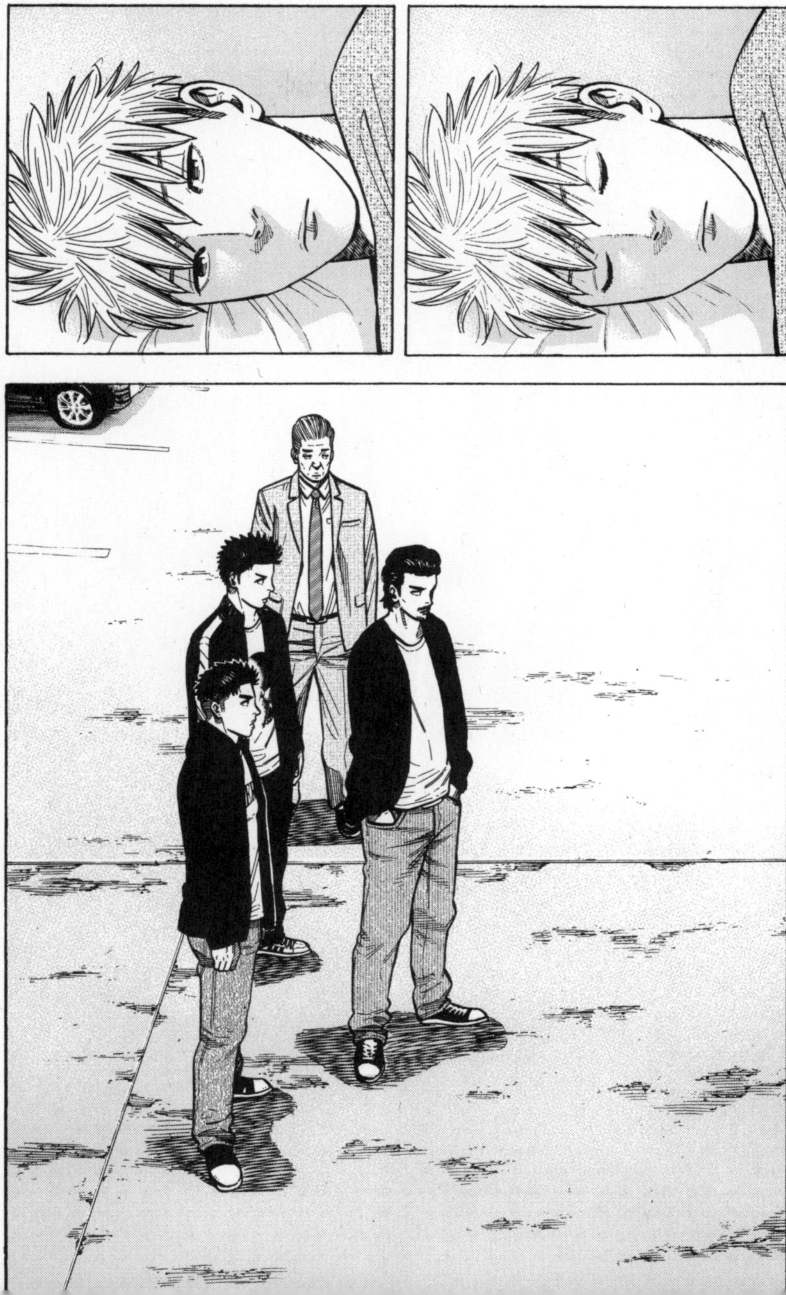

LANGE NICHT GESEHEN, TAKASU. UND DANN DIREKT EIN HINTER-HALT?
MAN KÖNNTE FAST MEINEN, IHR WÄRT EIN HAUFEN AMATEURE ODER WIR WÄREN BEI DER VERSTECKTEN KAMERA, HA HA.
ICH FAND DIE IDEE AUCH NICHT BESONDERS TOLL.
BEI EUCH IM BÜRO WÄRE ES ZU ENG FÜR UNS ALLE UND SO GROSS IST MEIN VERTRAUEN IN DICH JETZT AUCH NICHT.
EINER EINLADUNG ZU UNS WÄRST DU DOCH EH NICHT GEFOLGT.
WIE GEHT'S DIR SO, SEVEN? HÄTTE IM LEBEN NICHT DAMIT GERECHNET, DASS DU AUF DIE ANDERE SEITE WECHSELST.
DEIN VERSCHWINDEN WAR ECHT NICHT LEICHT FÜR UNS! UNSER JUNIOR WEISS NOCH IMMER NICHT, WIE MAN WÄSCHE ZUSAMMENLEGT, AUCH WENN ER FORTSCHRITTE MACHT.
ABER DAVON MAL ABGESEHEN, KÖNNEN WIR DOCH IMMER REDEN, WENN DICH ETWAS STÖRT. ODER NICHT?

WIR SIND DOCH ALLE ERWACHSEN.

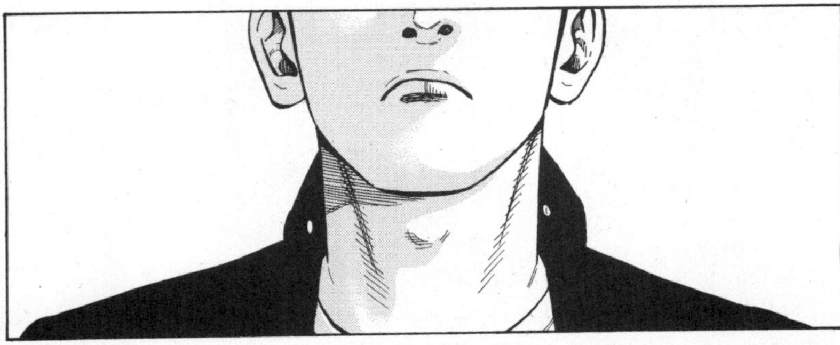

HIER STECKST DU ALSO!
AISUKE AKAMATSU CRASHT JETZT EURE PARTY, LEUTE!

WER IST DAS?
DA BIN ICH! ♡
Kapitel 13 – Ende

Kapitel 14
Akamatsu & Seven

DU ...
?
TSS!

WENN DU NICHT TOT BIST, DANN MELDE DICH GEFÄLLIGST MAL!
ICH MACH MIR SONST SORGEN.
...!
WER BIST DU?
UND WAS HAST DU HIER ZU SUCHEN?

ICH HEISSE AKAMATSU UND WOHNE SEIT ZWEI MONATEN MIT SEVEN ZUSAMMEN.
SEIT ER PLÖTZLICH VERSCHWUNDEN IST, MACHE ICH MIR SORGEN. ICH KOMME IHN ABHOLEN.
ABHOLEN?
DARUM HAT DICH KEINER GEBETEN!
HAU AB, ALTER! DU SPINNST DOCH!
WER SPINNT HIER, DU FLACHWICHSER?! KOMM BLOSS HER!
TRAUERST DU IMMER NOCH UNSEREM LUSTIGEN PIMMELLEBEN HINTERHER? DAS GIBT'S DOCH NICHT!
UFF!
voll auf die Zwölf!
WARUM BIST DU ABGEHAUEN?!
BIN ICH DOCH GAR NICHT, VERFICKT NOCH MAL! ICH HATTE EINFACH KEINE ANDERE WAHL, MANN! UND JETZT VERZIEH DICH BITTE VON HIER!
WAS PASSIERT DA?

TAKASU. WENN'S DICH INTERESSIERT, SEVEN IST ERST SEIT KNAPP EINER WOCHE BEI UNS.
DAVOR MUSS ER MIT DEM TYPEN ZUSAMMEN GEWESEN SEIN.
STIMMT DAS, SEVEN?
...
ER
ICH HAB EINE WEILE BEI IHM GEWOHNT, DAS STIMMT SCHON ... ABER ER HAT WIRKLICH VON NICHTS 'NE AHNUNG, ICH SCHWÖRE!
ICH BIN NUR HIER, WEIL EIGHT ANGEDROHT HAT, DASS ER AKAMATSUS ARSCH VERKAUFT, WENN ICH NICHT BEI TAKANAMI EINSTEIGE.
WIRKLICH, EIGHT?
ALTER ...

ALSO WIRKLICH, LEUTE ...
REDEN WIR MAL KLARTEXT. DAS BÜRSCHCHEN KANN RUHIG MITHÖREN.
WIR SIND HEUTE NICHT NUR WEGEN SEVEN HIER.
ES GEHT UM DEIN GESCHÄFT, TAKANAMI, ...
... UND AUCH UM EIGHT.
ALS ICH GEHÖRT HABE, DASS DU DICH SELBSTSTÄNDIG MACHST, WAR MIR KLAR, DASS DU VERSUCHEN WÜRDEST, EIGHT ABZUWERBEN.
UND DASS EIGHT MITGEHEN WÜRDE, HATTE ICH AUCH LÄNGST GEAHNT.
SCHLIESSLICH VERDANKT ER DIR VIEL, TAKANAMI.

DASS DIE EIGENEN KÜKEN IRGENDWANN FLÜGGE WERDEN UND AUF EIGENEN BEINEN STEHEN WOLLEN, IST JA NICHTS SCHLECHTES. DAS GEHÖRT EBEN DAZU.
DEINE ARBEIT, TAKANAMI, GEHT ALLERDINGS NICHT KLAR.
EINER DEINER GESCHÄFTSPARTNER WIRD GERADE WEGEN DROGENHANDELS VON DEN BULLEN BEOBACHTET.
WÄRE SCHÖN, WENN DU DEINE LEUTE, DIE DIR HOFFENTLICH WAS BEDEUTEN, AUS SOLCHEN ANGELE-GENHEITEN RAUS-HÄLTST.
UND DAS KOMMT AUSGERECHNET VON DIR?
FÜR DEN EIGENEN PROFIT GIBST DU DICH DOCH STÄNDIG MIT ZWIELICHTIGEN GESTALTEN AB!
ACH? MEHR ALS EIN PAAR KLEINE DROGEN-DEALER WAREN DAS DOCH NIE, SOWEIT ICH WEISS.

ICH REDE VON DEM ARMSELIGEN ALTEN SACK NEBEN DIR.
NACH DEM VORFALL DAMALS WÄRE ES DAS EINZIG RICHTIGE GEWESEN, IHN AN DIE BULLEN AUSZULIEFERN.
ABER SIEH AN ... ER DACKELT NOCH IMMER UNGESTRAFT NEBEN DIR HER.
ALSO SEI BITTE SO FAIR UND GIB MIR KEINE RATSCHLÄGE, WIE ICH MEIN GESCHÄFT ZU FÜHREN HABE!
FÄNGST DU SCHON WIEDER DAMIT AN?
WAS SOLL DAS HEISSEN? DAS THEMA WAR NIE VOM TISCH!
ODER HAST DU ERNSTHAFT GEGLAUBT, ER HÄTTE DIE BEIDEN SEITDEM IN RUHE GELASSEN?
EIGENTLICH SCHON, JA.

BIS GESTERN ZUMINDEST.
ABER ALS ICH IHN WEGEN EINER ANDEREN SACHE IN DIE MANGEL GENOMMEN HAB, ...
... HAT KANZAKI ALLES AUSGE-SPUCKT.
AUCH, DASS ER NOCH IMMER KUNDEN VER-MITTELT.
UND DASS EINER DAVON VERSTOR-BEN IST.
ICH NEHME AN, DU WEISST GENAU, WEN ICH MEINE, EIGHT.
GEGEN DICH WIRD WEGEN MORDES ERMITTELT.

DIE MORDKOMMISSION HAT SICH VORHIN BEI UNS GEMELDET. FRÜHER ODER SPÄTER SCHNAPPEN SIE DICH.
UND DAZU NOCH DIESE DROGENGESCHICHTE. ICH WEISS EHRLICH GESAGT NICHT MEHR, WIE ICH DIR DA NOCH RAUSHELFEN SOLL.
DU WIRST MIT KANZAKI ZUR POLIZEI GEHEN. ICH STELLE DEN ANWALT, ER WIRD VERSUCHEN, MILDERNDE UMSTÄNDE FÜR DICH GELTEND ZU MACHEN.
DAVOR BESPRICHST DU DICH ABER BITTE MIT KANZAKI. IHR MÜSST KLÄREN, WELCHE KUNDEN IN DEM PROZESS PREISGEGEBEN WERDEN DÜRFEN UND WELCHE NICHT.

EIGHT ...
UM BESSER DAZU-STEHEN, ...
... SOLL ICH MIT DEM TYPEN ZU DEN BULLEN GEHEN?
UND MICH MIT IHM ABSPRECHEN?
ICH WEISS, DAS IST NICHT LEICHT FÜR DICH, ABER MANCHE KUNDEN MÜSSEN BESCHÜTZT WERDEN.
ICH VERSCHAFFE UNS ZEIT, DAMIT WIR DIE KUNDEN UND UNSERE KOLLEGEN WARNEN KÖNNEN.
EIGHT.

IST DIR EIGENTLICH KLAR, WIE SEHR SEVEN UND ICH UNS FÜR DEINE FIRMA AUFGEOPFERT HABEN, TAKASU?
DIE FREIER ... SCHÜTZEN ...
PAH!
KUNDEN ZUM SCHWEIGEN BRINGEN, EINKÜNFTE VERSCHLEIERN, GEGNER EINSCHÜCH-TERN ...
WOBEI, SEVEN HATTE ES JA LEICHT! DER DURFTE IMMER NEIN SAGEN, WENN IHM EIN FREIER NICHT GE-PASST HAT.
UND DANN BLIEB ES AN MIR HÄNGEN.
ABER ICH KONNTE JA SCHLECHT ABLEHNEN, ODER? WEIL SONST DIE FIRMA DARUNTER LEIDET.
DU HÄTTEST JEDERZEIT ABLEHNEN KÖNNEN.
DU HÄTTEST NUR ZU MIR KOMMEN BRAUCHEN.
UND DANN HÄTTEST DU DAS GEKLÄRT?
UND DEN TEUFELSKREIS DURCH-BROCHEN?

DEINE KUNDEN UND DEINE FIRMA SIND DIR DOCH HEILIG!
SEIT SEVEN EINFACH ABGEHAUEN IST, ARBEITEN WIR ANDEREN FÜR IHN MIT.
UND WAS SEHE ICH, ALS ICH IHN FINDE? WIE ER UNBEKÜMMERT EIN SORGENFREIES LEBEN MIT DIESEM GEHIRNAMPUTIERTEN DUMMKOPF FÜHRT, ALS WÄRE NICHTS GEWESEN.
DU HAST JA KEINE AHNUNG, WIE ICH MICH GEFÜHLT HABE, SEIT DU DAVONGELAUFEN BIST!

SEVEN.
WARUM BIST DU EINFACH SO ABGEHAUEN?

WARUM BIST DU SACHIKO HINTERHER-GERANNT UND NICHT MEHR ZURÜCK-GEKOMMEN?
HM.
ICH WOLLTE WEG.
HAB MICH STÄNDIG GEFRAGT, ...
... OB ES NICHT BES-SER WÄRE, ...
... ALL DAS HINTER MIR ZU LASSEN.

ICH WOLLTE WEG
UND DANN HAB ICH'S GETAN.
FRRT
DOSCH
HÖR AUF, EIGHT!
Meine Güte!
DOSCH

TUT MIR LEID.
DAS ...
DAS IST DAS LETZTE, WAS ICH VON DIR HÖREN WILL ...
DAS ...

WENN EIGHT AUSSAGT, WIRST AUCH DU VORKOMMEN.
ÜBERLEG DIR, OB DU DEINE AUSSAGE MIT IHM ABSPRECHEN WILLST.
KANZAKI MAG ES DER FIRMA ZULIEBE GETAN HABEN, ABER DASS ER EUCH IMMER UND IMMER WIEDER ZU SO ETWAS GEZWUNGEN HAT, KANN ICH NICHT LÄNGER HINNEHMEN.
ICH WERDE DAFÜR SORGEN, DASS KANZAKI HINTER GITTERN LANDET.

BIS AUF WEITERES ENTLASSE ICH EUCH AUS MEINEM DIENST. ICH WERDE DIE FIRMA VON GRUND AUF ERNEUERN.
UND UM DIE KUNDEN, DIE DIESMAL VERSCHONT WERDEN, KÜMMERE ICH MICH PERSÖNLICH.
DAMIT IHR DAMIT NICHTS MEHR ZU TUN HABT.
WENN IHR TROTZDEM BEREIT SEID, ZU MIR ZURÜCK-ZUKEHREN, ...
... SIND WIR QUITT UND FANGEN GEMEIN-SAM VON VORNE AN.
UND DU KÜHLST BESSER ERST MAL DEIN GEMÜT AB, EIGHT.

WENN DU DICH FÜR EIN LEBEN MIT DEM BÜRSCHCHEN ENTSCHEIDEST, WERDE ICH DICH ZIEHEN LASSEN.
ABER DU WIRST VON MIR KEINERLEI UNTER-STÜTZUNG MEHR ERHALTEN.
DAS IST ALLES, WAS ICH ANBIETEN KANN. WIE IHR EUCH ENTSCHEIDET, LIEGT BEI EUCH.
DASS ICH SO LANGE NICHT BEMERKT HABE, WAS DA LÄUFT, WAR DEFINITIV MEIN FEHLER. NUR EINES NOCH, SEVEN ...
DIR IST HOFFENTLICH BEWUSST, DASS DU DAFÜR DANN DIESE EINE SACHE MIT INS GRAB NEHMEN MUSST.

GUCK MICH NICHT SO AN.
ICH HALTE MICH DA RAUS.
DEINE ENTSCHEI-DUNG.
ICH KOMM SCHON KLAR, EGAL, WAS DU SAGST.

UGH.

GEH ...
... NACH HAUSE.
OKAY.

VERSPRICH MIR BITTE, DASS DU IHM NIE WAS ANTUN WIRST.
UND AUCH EIGHT NICHT.
EGAL, WAS ZWISCHEN UNS NOCH PASSIEREN WIRD ...
DAS IST MEINE EINZIGE BITTE AN DICH.

Ich war so was von nutzlos.
VRRRR
Hab nur dumm rumgestanden und konnte nichts tun.
LEBST DU NOCH?
GELESEN 10:55
HEUTE
SEVEN
ICH KOMME HEIM.
17:03
PLING

KRAH
KRAH
ZPP

22:48

TOK TOK

BTAMM
WILL...KOMMEN ZU HAUSE ...
DA BIN ICH WIEDER ...

DA BIST DU WIEDER!
JA.

ICH HAB MIR SOLCHE SORGEN GEMACHT, ALTER! ICH WÄR FAST VERRECKT!
SORRY.
DA IST SO VIELES ...
NICHT.
WIR REDEN EIN ANDERMAL.

SCHÖN, DASS DU WIEDER ...
... DA BIST.
SCHÖN, ZURÜCK ZU SEIN.

Kapitel 14 – Ende

Kapitel 15
Akamatsu &
Seven

ENDLICH WIEDER WÄSCHE AUFHÄNGEN!
WIE SCHÖN!
HEY, ICH BIN ZURÜCK. DU HAST POST!
HALLO!
RTT
RTT
URGH, IST MIR HEISS!

ZUCK
BWAAAAH!
AKA-MATSU ...
HEILIGE SCH...
WAS IST?
Erschreck mich doch nicht so!
BEI JEDEM EINKAUF HATTE SEVEN BEI DIESEM PREIS-AUSSCHREIBEN MITGEMACHT.
SUMMER FESTIVAL
ANMELDUNG
ICH HAB DEN SONDERPREIS BEIM SOMMER-GEWINNSPIEL ABGEGRIFFEN, MANN! DOPPELT UND DREIFACH GEIL!
Übernachtung im Spa-Hotel in den Kuzu-Bergen Sonderpreis
Für zwei Personen
BEI ALLEM, WAS IN LETZTER ZEIT LOS WAR, HABEN WIR UNS EIN BISSCHEN ENTSPANNUNG ECHT VER-DIENT!
TADAAA
WAS BRINGT MIR DENN ENTSPANNUNG? ICH WÄR BEI DER LETZTEN PRÜFUNG FAST DURCH-GEFALLEN ...

LET'S GO! AUF IN DIE KUZU-BERGE!
ER HAT JA RECHT. IN LETZTER ZEIT GING'S BEI IHM ECHT DRUNTER UND DRÜBER.
WIR SIND DIE LETZTEN IM BUS!
IM FALL UM EIGHT UND SEINEN PFLEGEVATER HATTE DIE POLIZEI IHN MEHRMALS ZUR BEFRAGUNG AUFS REVIER GELADEN.
BEI TAKASU GAB ES AUCH NOCH VIEL AUFZURÄUMEN, DAMIT WAR ER AUCH EINIGE TAGE GUT BESCHÄFTIGT.
EINMAL WAR HAKO NOCH BEI UNS UND WIR HABEN ZU DRITT GEREDET.
UND WAS HATTE ES MIT DEM TREFFPUNKT AUF SICH?
Takasu war echt mies gelaunt. Was hattest du denn eigentlich vor?
WIE DIE SACHE DANACH WEITERGING, WEISS ICH NICHT.
IST DOCH EGAL JETZT! GING DOCH ALLES GUT! ☆
ABER SEI'S DRUM! MANCHMAL WIRKT EIN KLEINER TAPETENWECHSEL JA WUNDER!
WIR SIND DAAA!

YEAAAH
YEAH, ALTER! DAS IST EIN VIER-STERNE-SCHUPPEN!
SO KRASS GUT DRAUF HAB ICH DICH JA NOCH NIE ERLEBT, MANN! ABER IST SCHON GUT, LANGSAM WERDE AUCH ICH EUPHORISCH.
AAAH! DIESE FRISCHE LUFT!
WHOA, WIR SIND ECHT GANZ SCHÖN HOCH OBEN.
PARKING
YEAH! ES GIBT 'NE EISTRUHE!
YEAH! IST DAS ZIMMER GEIL!

FWUSCH
HIYAAAH!
ICH SCHLAF AUF DIESER SEITE!
ABER DU PENNST IMMER RECHTS! SCHIEB AB!
NO WAY! ICH HAB SCHISS AUF DER SEITE VOM FENSTER!
FSSH FSSH
FSSH
FSSH
DAS BETT IST DER HIMMEL, MANN! ♡
SO WEIIICH! ♡

HE HE.
GRB
GRB
GRB
GRB
HE HE.
HASP
IST NOCH EIN BISSCHEN HIN BIS ZUM ABENDESSEN. DREHEN WIR NOCH 'NE RUNDE?
JA, GUTE IDEE.
ACH SO, WOLLEN WIR NOCH IM ONSEN RESERVIEREN?
Reservieren ...?
WENN SIE WANDERN MÖCHTEN, GEBE ICH IHNEN EINE KARTE MIT.
UND GLÖCK-CHEN FÜR DEN FALL, DASS IHNEN BÄREN BE-GEGNEN.
SCHEISSE BIN ICH NERVÖS. BIN DOCH NOCH JUNGFRAU!
BÄREN?
WOBEI DAS ÄUSSERST SELTEN VORKOMMT.
Ist jetzt 'ne andere Art von „nervös" ...
ZWEI STADTKINDER

SIE HAT JA GESAGT, DASS DIE BÄREN ZU DIESER JAHRESZEIT RECHT FRIEDLICH SIND.
JA, KEINE PANIK! UNS WIRD SCHON KEINER BEGEGNEN!
KÜHNE STADTKINDER
UND FALLS DOCH, MUSST DU DICH EINFACH NUR GRÖSSER MACHEN ALS DER BÄR!
ALS OB ICH GRÖSSER WÄRE ALS SO EIN VIEH!
WAS WILLST DU ÜBERHAUPT DARSTELLEN?
AH, IST DAS SCHÖN!
BIMMEL
ANGENEHM KÜHL HIER.
BIMMEL
ODER?
ES GIBT MEHRERE PFADE. WELCHEN NEHMEN WIR?
SUPER-NATURPFAD
MITTLERER NATURPFAD
NATURPFAD
JETZT WILL ICH'S WISSEN! GEHEN WIR NACH RECHTS!

ALTER, UND SCHON DIREKT DAS ERSTE VERWUNDETE KARNICKEL AM START HIER!
WURDE ES GEBISSEN? IST JA KRASS!
ES IST NICHT VERWUNDET, AKAMATSU.
ES HAT BESTIMMT NUR HUNGER.
WOHER WILLST DU DAS WISSEN? BIST DU TIERARZT, ODER WAS?
RTT RTT
RTT RTT
HIER, FRISS!
WARUM ZUR HÖLLE HAST DU KAROTTEN DABEI?!
„DANKE, BRUDER! JETZT GEHT'S WIEDER!"
WOING WOING
NICHTS ZU DANKEN! MACH'S GUT!
JETZT GIBST DU IHM AUCH NOCH 'NE STIMME?
AUF DEM SUPER-NATURPFAD IST SONST NIEMAND UND WIR SIND MITTEN IN DEN BERGEN.
ICH DACHTE, HIER KÖNNTEN WIR VIELLEICHT HÄNDCHEN HALTEN, ABER …
PASS AUF, AKA-MATSU!
SCHON WIEDER?!

ZRRRRRRRTSCH
SCHLANGEN-WETTZIEHEN!
HALTE IHR MAUL ZU, DANN KANN SIE UNS NICHT BEISSEN!
GEWEIH-ENTWIRREN
EY, JUNGS!
LANG-SAM!
OH, HAST DU DICH VERLAUFEN?
JETZT TU DOCH NICHT SO, ALS KÖNNTEST DU MIT TIEREN REDEN! UND ÜBERHAUPT, ICH HAB DIESEN NATURPFAD LANGSAM ECHT SATT!
Übertreib mal nicht mit deiner Hilfsbereit-schaft!
AFFEN STINKEN! UND MANCHMAL ATTACKIEREN SIE EINEN AUCH EINFACH SO, ALSO SEI VORSICHTIG!
IST, GLAUBE ICH, AUCH NICHT SO GEIL, WENN WIR DEN ANFASSEN.
ÄH.
PLOPP
FWUPP
ÄH, WAS ZUM ...
HALLO ...?

ER SAGT, DU SIEHST SEINEM GROSSEN BRUDER ÄHNLICH.
Verstehe.
RED KEINEN SCHEISS!
FASS IHN LIEBER ERST MAL NICHT AN.
ABER DER SCHLECKT MICH AB! DER WILL MICH SAUBER-LECKEN!
Gehen wir ein Stück, dann finden wir vielleicht seine Familie.
TAUMEL
TAUMEL
OH, VORSICHT!
KRTT KRTT
WARTE EINFACH, DER WIRD DICH SCHON WIEDER LOSLASSEN.
DER STINKT!
WÄRE TOLL, DEN NICHT MEHR IM GESICHT ZU HABEN.
OKAY, ICH HAB ZWAR EINEN AFFEN IM GESICHT KLEBEN, ...
... ABER SO KRIEGE ICH WENIGSTENS EIN WENIG HILFE ...

KYAKYAAAH!
KYAH!
GROAH!
KRYAA-AAAH!
AKA-MATSU!
PWAH
UFF!
KAZONG

Kiii! Kiki!
Kiiiii! KiKiKi!
Kiii!
SPINNST DU?! DEIN KLEINER HAT SICH VERLAUFEN UND IST MIR DANN OHNE ZU FRAGEN AUFS GESICHT GEKLETTERT!!
HÖR AUF! LEG DICH BLOSS NICHT MIT 'NEM AFFEN AN!
SELBER SCHULD, WENN IHR NICHT BESSER AUF EUREN NACHWUCHS AUFPASST!
Warum?!
Das ist dir ja auch schon mit den Pingus passiert ... Also irgendwie ...
SIE BERUHIGEN SICH.
Du meinen? Ach so ...
Kyakyakyakya! Kein schlechter Mensch, der ist!
HIER-GEBLIEBEN! WIR HABEN NOCH EIN HÜHNCHEN ZU RUPFEN!
KRSCH
!
KIII

DIESER PFAD, EY . .
BEI VIER STERNEN KRIEGT MAN DAS VOLLE PROGRAMM.
500 m bis zum Hotel
BITTE KEINE TIERE MEHR!
HAST DICH WACKER GESCHLAGEN! BIN STOLZ AUF DICH!
Wir sind hier nur am Tiere-Retten!
SIEH MAL, EINE HÄNGEBRÜCKE! DIE AUSSICHT VON DA OBEN IST BESTIMMT DER HAMMER!
DAS GEHÖRT UNBEDINGT DAZU! LASS UNS DIE BRÜCKE ÜBERQUEREN!
DIE MUTPROBE ROCKEN WIR ZUSAMMEN!
DANN HABEN WIR NOCH MEHR SCHMETTER-LINGE IM BAUCH!
BADUMM
BADUMM
ACH, JETZT AUF EINMAL ...

KRRRT
ALTER, DAS IST EINFACH NUR SAUGRUSELIG HIER OBEN!
YEAAAAH!
ICH HAB ANGST!
KRRRT
KRRRT
SO, WIE ICH DIE HOSEN VOLL HABE, KOMMEN HIER OBEN BEI MIR KEINE ROMANTISCHEN GEFÜHLE AUF!
KRRRT
UND WAS IST ÜBERHAUPT DIESES KNARZENDE GERÄUSCH?!
DU STADTKIND BIST ES NUR NICHT GEWOHNT, KEINEN FESTEN BODEN UNTER DEN FÜSSEN ZU HABEN!
KRRRT
MUSST DU GERADE SAGEN!
ABER IRGENDWIE HÄNGT DIE BRÜCKE SCHON GANZ SCHÖN KRASS DURCH ...
KRRRT
KRRRT
SIND WIR BEIDE SO SCHWER?
ES IST, ALS WÄRE HINTER UNS ...

Nicht wahr, ne? ♡
Ein Bär! ♡
KRRRRRT
Und er kommt immer näääher! ♡
BIMMEL
BIMMEL
Ahaha! Super-natüüürlich!

WENN ER IN UNS KEINE GEFAHR SIEHT, KÖNNEN WIR UNS LANGSAM ENTFERNEN.
WARUM WÄRE ER SONST HIER? WEIL ER HIER TÄGLICH LANGGEHT ZUR ARBEIT? ALTER, JETZT REDE DOCH MIT IHM! NA LOS! DAS KANNST DU DOCH SO GUT!
DAS KLAPPT NICHT MIT JEDEM!
SCHEISSE, DAS IST JETZT DIE FALSCHE ART HERZKLOPFEN!
DER GUCKT, ALS WOLLE ER EINFACH NUR ÜBER DIE BRÜCKE, ODER?
WARUM WÜRDE DER HIER LANGGEHEN?
WIR KÖNNTEN UNSEREN TRICK PROBIEREN.
Bwir find viel gröfer alf duuu!
DIESEN TRICK?!
WENN WIR DAS BRINGEN, FALLEN WIR GARANTIERT RUNTER!
KRRRRRRRT
UND NUR SO NEBENBEI ...
DIESES GERÄUSCH ... WIRD IMMER KRASSER ...
RTT RTT RTT RTT
RTT RTT
HAT DAS „RITSCH" GEMACHT?
RTT RTT
RITSCH
AH!

ZA ZA ZA
BWAAAAH!
ZA ZA ZA
AAAH!
ICH WOLLTE DOCH NUR VORBEI!
Schon gut! Durchquere ich eben den Fluss!
Neiiin! Herr Bäär!
UWARGH!
ICH LIEBE DIIICH!
ICH DICH AUUUCH!
PLONK
TSCHACK

FUMP
WOMM
WAAAAH!
BRICH DIR BLOSS NICHTS, KARNICKEL!

HAH!
HAH!
ICH DANKE EUCH ALLEN!
HAAAH!
ICH WERDE IN ZUKUNFT HILFSBEREITER SEIN ...
WARUM FÜHLE ICH MICH GERADE WIE IN EINEM DISNEY-FILM?
ZIING
DIE NATUR ... WAR GANZ FANTASTISCH ...
FREUT MICH, WENN DIE NATUR SIE BERÜHRT HAT. DAS BAD IST AB 21:30 FÜR SIE RESERVIERT.
ZUM GLÜCK ...
... LEBEN WIR NOCH!

FSSSH FSSSH
UUH …
HAAAAAAAAAAAAH
DAS BELEBT EINEN ECHT!
WIR LEEEEEBEN!
HAAAAAAAAH
SCHÖN, DASS WIR ÜBERLEBT HABEN!

DAS ESSEN WAR LECKER, ODER?
GEILES ESSEN, EIN TOLLES BAD. BESSER GEHT'S NICHT!
DER BÄR HAT IM FLUSS DANN FISCHE GEFANGEN UND IST ANS ANDERE UFER.
Hepp!
ER WOLLTE EIGENTLICH NUR AN UNS VORBEI. DAS HAB ICH GESPÜRT.
ZIRP
ZIRP
HA HA!
WAS IST?
ACH, DAS WAR NUR ALLES SO ABSURD SURREAL, DASS ICH LACHEN MUSSTE.
HA HA! ECHT UNGLAUBLICH, JA. WIR SIND VOLL DIE BUDDHAS!
DIE BERGE, ALTER. ICH SAG'S DIR ...
RICHTIG GUT, AM LEBEN ZU SEIN!

ALS WIR DRAUF UND DRAN WAREN, ABZUSTÜRZEN, HAST DU „ICH LIEBE DICH“ GESAGT, ODER?
NEIN, DAS WARST DU!
HÄ? ICH HAB'S ZUERST VON DIR GEHÖRT!
TRÄUM WEITER. DU WARST DAS.
WIE AUCH IMMER, DER ANDERE HAT „ICH DICH AUCH“ GESAGT.
IN EINER NOTLAGE RUTSCHT EINEM EINFACH DIE WAHRHEIT RAUS, ODER?
Ha ha!
DAS WILL ICH NICHT SO STEHEN LASSEN.
ABER IST DOCH WAHR!
DAS WAR ALLES SO VERKORKST!
ZIRP
ZIRP

ICH DANKE DIR.
WOFÜR DENN? ICH HAB DOCH NICHTS GETAN. UND DIE REISE HAST AUCH DU FÜR UNS GEWONNEN.
NICHT MAL, ALS ES UM DEINEN ARSCH GING, KONNTE ICH DIR HELFEN.
DAS GILT AUCH FÜR MICH, ALS WIR DEINE FAMILIE BESUCHT HABEN.
SOLANGE MAN KEIN ANWALT IST, HAT MAN EINFACH NICHT DAS RECHT, SICH IN DIE FAMILIEN-ANGELEGENHEITEN VON JEMAND ANDEREM EINZUMISCHEN.
Kommt logischerweise nicht so cool, wenn da jemand von außen so tut, als würde er es besser wissen.
JA, DA HAST DU RECHT.
JEDENFALLS BIN ICH FROH DARÜBER, ...
... WIE ES GEKOMMEN IST.

HAH!
ZIRP
ZIRP
UUUH!
BOFF
ICH BIN IM HIMMEL!
BEIM GEDANKEN AN EINEN PRIVATEN ONSEN WAR ICH ERST ZIEMLICH RALLIG, ABER DANN TAT DAS BAD EINFACH SO GUT. ALLEIN DER GEDANKE, HEUTE MIT DEM LEBEN DAVONGEKOMMEN ZU SEIN, WAR SCHON GUT GENUG. ICH SCHÄTZE, ICH WERDE ALT.
SO FERTIG WIE WIR BEIDE SIND, WIRD'S HEUTE EH NICHT MEHR PASSIEREN.

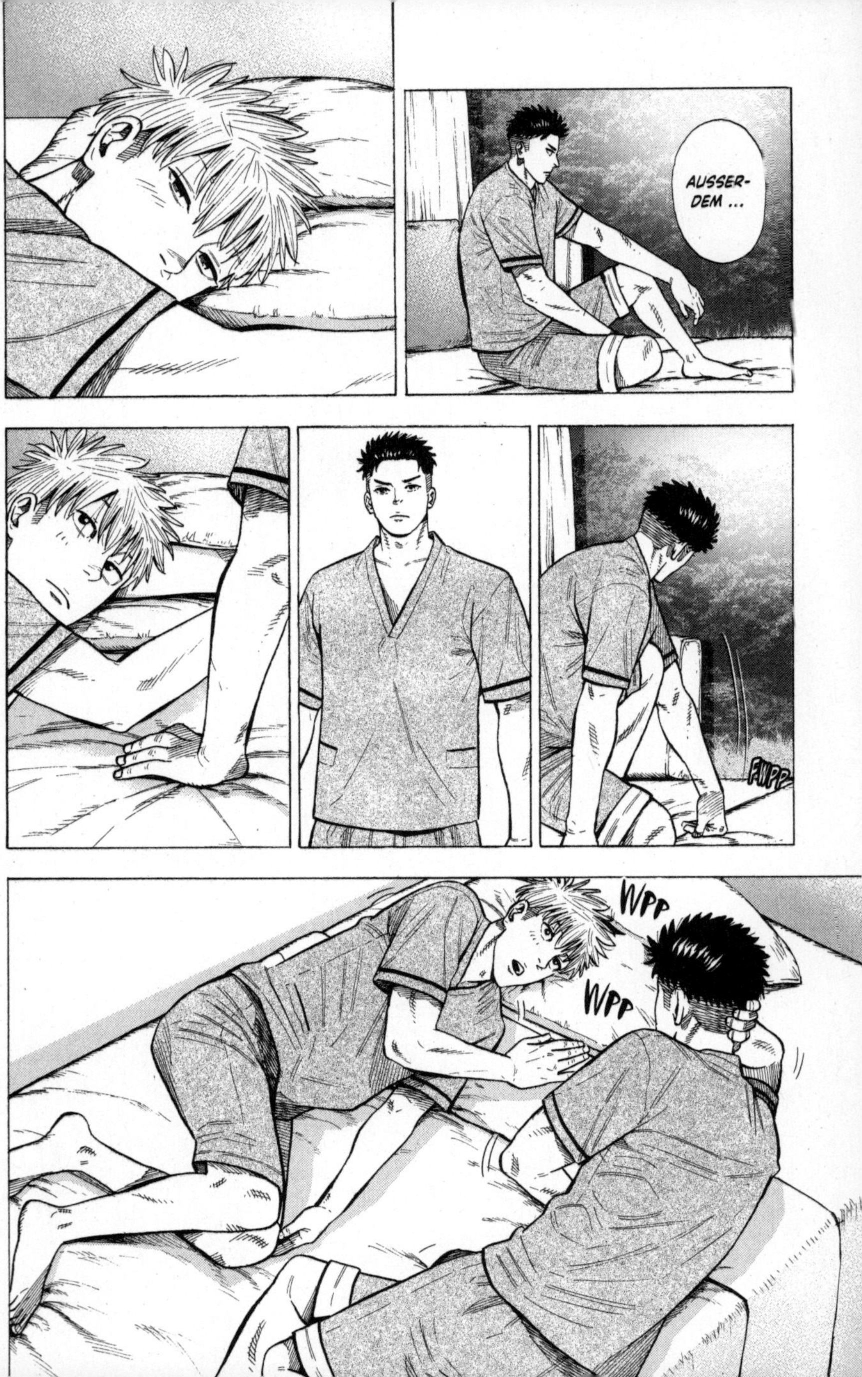

AUSSER-DEM ...
FWPP
WPP
WPP

OH!
WPP
UGH!
WPP
BIN KUSCHELN GEKOMMEN.
DU HOLST DIR NOCH IMMER EINFACH, WAS DU WILLST.
SAGT DER, DER MIR EINFACH EINEN GEBLASEN HAT.
Das war auch sehr direkt!
ALTER, SAG DAS DOCH NICHT SO!
HE HE!
KNUFF
KNUFF
HAST DU AUF DER BRÜCKE HEUTE DEINEN VERSTAND VERLOREN?
KANN SEIN! ICH BIN ES LEID, ETWAS NICHT ZU TUN, UND LEB JETZT EINFACH DRAUFLOS!
SCHEINT ZU FUNKTIONIEREN.

ER HAT JA RECHT.
DIESES BEDAUERN …
DAS BRAUCH ICH AUCH NICHT NOCH MAL!

WIR MÜSSEN AUCH NICHT, WENN DU MÜDE BIST.
OFFEN GESAGT BIN ICH ECHT PLATT.
WPP
ALLERDINGS LANDEN WIR NICHT MEHR SO SCHNELL IN SO EINEM WEICHEN BETT. ALSO ENTSCHULDIGE BITTE, ...
... ABER ICH FALL JETZT ÜBER DICH HER!
OH!

Kapitel 15 – Ende

Kapitel 16
Akamatsu &
Seven

PLPP PLPP
PLPP PLPP
DANKE NOCH MAL. ES WAR WUNDERSCHÖN BEI IHNEN!
BEEHREN SIE UNS BITTE BALD WIEDER!
HEY, TIERE DIESES BERGES! HÖRT EUCH DAS MAL AN!
WIR SIND DANN BEIDE EINFACH EINGEPENNT, KÖNNT IHR DAS GLAUBEN?
„LASS UNS IM HIER UND JETZT LEBEN!", HABEN WIR GESAGT, UND DREI SEKUNDEN SPÄTER WAREN WIR AM RATZEN!

WIR HABEN UNS GEGENSEITIG EIN BISSCHEN AM SCHWANZ RUMGEFUMMELT UND ZACK, WAREN WIR WEG. KEINE AHNUNG, WER ZUERST EINGEPENNT IST.
WIR WAREN EINFACH PLATT UND DAS BAD HAT SEINEN TEIL DAZU BEIGETRAGEN.
OH! SO GROSS! ♡
HAB DANN VON BAMBUSSPROSSEN GETRÄUMT.
UND ALS ICH WACH WURDE, LAG ER AUF SEINEM BETT.
CHRRRR
ABER SCHON GUT, ICH WOLLTE JA AUCH DIESES GEILE BETT FÜR MICH ALLEIN HABEN.
HEUT MORGEN HABEN WIR KURZ GEDUSCHT, WAS GEGESSEN UND DANN SIND WIR IN DIE LOBBY.
SETZEN WIR UNS NACH VORN?
DA IST WAS FREI.
UND DAS WAR'S! THE END!
ABER IST NICHT SCHLIMM.
UNSERE HAUT STRAHLT JETZT NOCH VIEL KRASSER ALS ZUVOR. UND ICH BIN AUCH SO GANZ ZUFRIEDEN.
DER TAPETENWECHSEL WAR EIN VOLLER ERFOLG!

EINIGE TAGE SPÄTER ...
TAKANAMI WOLLTE, DASS WIR MOTA MITNEHMEN. HAB ICH NICHT KOMMEN SEHEN.
ER HAT SICH BESTIMMT SORGEN GEMACHT, WEIL SIE EBEN OFT MIT EIGHT ZUSAMMEN WAR.
WENN DU MEINST.
TAKANAMI WIRD ALS EIGHTS BÜRGE FÜR ZWEI JAHRE SEINE WOHNUNG ÜBERNEHMEN.
WIR REISSEN UNS DEN ARSCH AUF UND KÖNNTEN UNS NICHT MAL EIN JAHR DIE MIETE SO EINER BUDE LEISTEN.
MIT DROGEN MUSS MAN ECHT EIN VERMÖGEN MACHEN.

OFFENBAR WOLLTE NIEMAND RISKIEREN, DASS ANS LICHT KOMMT, WAS DER LEITER DER STEUER-BEHÖRDE PRIVAT SO GETRIEBEN HAT.
IN DEM MORDFALL WIRD WEDER EIGHTS NAME ERWÄHNT, NOCH, DASS DAS OPFER VON EINEM ANGEHEUERTEN STRICHER ERMORDET WURDE.
TAKASU WEISS GENAU, WIE ER DAS FÜR SICH NUTZEN KANN. AUCH BEI DEN ANDEREN FREIERN. DAS IST ECHT MIES.
PSSH
JA, SCHON, ABER DIE SACHE IST FÜR DICH UND EIGHT DOCH BESTIMMT NICHT LEICHT.
ES IST ZWAR MIES, ABER SO LÄUFT EBEN DAS GESCHÄFT. WER IM GLASHAUS SITZT UND SO.
DAS ALLES IST ECHT GRUSELIG, MANN.
WAS AUCH IMMER DIE FREIER IHM ANGETAN HABEN, TAKASU HAT SIE JETZT IN DER HAND UND WIRD SIE BÜSSEN LASSEN.
ICH GLAUBE, SELBST EIGHT WEISS INZWISCHEN, WAS AUF DEM SPIEL STEHT.

EIGHT IST EINFACH AUF EINE MERKWÜRDIGE ART TREU UND ERGEBEN. DAS HOLT IHN IRGENDWANN EIN.
TREU UND ERGEBEN WÜRDE ICH DAS NICHT NENNEN. ICH DENKE EHER, DASS ER TRAUMATISIERT IST, WEIL SEINE MUTTER IHN DAMALS HAT SITZEN LASSEN.
WENN EINEN DIE EIGENEN ELTERN VERLASSEN, GIBT MAN SICH ALS KLEINER STÖPSEL DOCH SOFORT SELBST DIE SCHULD DARAN.
WAS DIE ELTERN ANTREIBT, WEISS MAN NICHT, ABER MAN DENKT, DASS MAN IHNEN IM WEG SEI UND SIE EINEN NICHT MEHR BRAUCHEN.
IST DOCH KLAR, DASS ER SICH SELBST EINREDET, IMMER GEHORCHEN ZU MÜSSEN, WEIL ER SONST BEFÜRCHTET, WIEDER VERLASSEN ZU WERDEN. DIESE ANGST HAT SICH EINGENISTET.
DESWEGEN RASTET ER AUCH MANCHMAL SO AUS, WENN SEINE TOLERANZGRENZE ÜBERSCHRITTEN IST. DAS WAR SCHON ALS KIND SO.
WENN ER SICH DOCH NUR VON DIR ABSCHAUEN KÖNNTE, WIE MAN NEIN SAGT, WENN EINEM ETWAS NICHT PASST ...
STATTDESSEN HÄNGT ER SICH AN JEDEN ERWACHSENEN, DER IHM AUCH NUR EINEN HAUCH VON BEACHTUNG SCHENKT.
WEIL ER ZUNEIGUNG WILL.
WOBEI DU VERMUTLICH DEN SCHWIERIGEREN START HATTEST ALS KIND.

ABER ALLEIN DAS WISSEN, DASS MAN GELIEBT WURDE, KANN VERDAMMT VIEL KRAFT GEBEN.
SO HAB ICH DAS NOCH NIE GESEHEN.
DU BIST ECHT FEINFÜHLIG, WENN'S UM SO WAS GEHT, HAKO.
JA, BIN ICH. AM SCHLUSS ÜBERLEBEN ABER NICHT DIE GEFÜHLSDUSEL, SONDERN DIE KALTHERZIGEN.
Oje, jetzt weint sie!
DANKE! HAB MICH AUSGE-HEULT!
OH, SYMPA-THISCH!

HALT DEN ALTEN SACHIKO AB UND ZU MAL AUF DEM LAUFENDEN.
MACH ICH.
ICH GLAUB NICHT, DASS ES REGNET. WIR BRAUCHEN KEINEN SCHIRM.
NEHMEN WIR DIE KÜHLTASCHE MIT, ICH WILL EIS KAUFEN!
MELONENEIS ODER MILCHEIS?
GANZ KLAR MELONE!

ZIIRP
ZIIRP
HEY, HÖRST DU DIE ZIKADEN? SIND DIE ERSTEN HIER DIESES JAHR!
ENDLICH IST DAS ALLES VORBEI.
HM.
WAHRSCHEINLICH MUSS ICH TROTZDEM NOCH MAL IN EIGHTS PROZESS AUSSAGEN.
HM.
DAS IST ALLES? WARUM FRAGST DU MICH NICHT MAL WAS?
TU ICH DOCH! WENN'S WAS WICHTIGES GIBT, FRAG ICH SCHON NACH!
DA WÄRE NOCH DIE SACHE, DIE DU LAUT TAKASU MIT INS GRAB NEHMEN SOLLST ...
Das nimmst du mit ins Graaab!
NA JA ... WAS EIGHT ANGETAN WURDE, IST WIRKLICH UNVERZEIHLICH.
ICH VERSTEHE AUCH, DASS ES SCHEISSE SEIN MUSS, WENN DIE EINZIGE PERSON, DIE EINEM HALT GIBT, AUF EINMAL VERSCHWINDET ...
ABER WARUM MAN DESHALB AUF DIE IDEE KOMMT, EINEN TYPEN ZU NARKOTISIEREN UND IHM EINEN ANALSTÖPSEL REINZUSTECKEN, DAS ERSCHLIESST SICH MIR NULL!
Nope!
ICH MUSS MICH FÜR MEINEN BRUDER ENTSCHULDIGEN. STATTDESSEN KANN ICH DIR MEINEN SCHWANZ ANBIETEN, DER GEHÖRT GANZ DIR!
Und einen Finger!

GEWALT PROVOZIERT GEWALT. ABER LIEBE ... SO WAS EMPFINDE ICH NUR BEI DIR!
WIRD DAS EIN GESTÄNDNIS?
Ich bin reifer geworden.
EINES INTERESSIERT MICH DANN ABER DOCH NOCH.
WAS DENN?
WIE ZUR HÖLLE HAST DU DIESES FOTO GESCHOSSEN? WIE HAST DU UNS NACH DER SACHE DENN ALLE INS BILD BEKOMMEN?
OH, ICH HAB EINFACH NUR DARAN GEDACHT, DASS ICH DAS SO HINBEKOMMEN WILL ...
EIN PSYCHOFOTO? IST JA GRUSELIG!
ABER ES BEWEIST, DASS ES KEIN TRAUM WAR.

RMBL
RMBL RMBL
OH.
ALSO ...
ICH WÄRE FÜR UMKEHREN!
AB NACH HAUSE!
FSSSH
SO WAS VON!
FSSSH

Nimm die Beine in die Hand!
HUUAAAAAAAAAAH
AH!
JA, LARS?
ICH HAB EINE FRAGE, HERR LEHRER!

AIUAIUAIU
DU LERNST SCHNELL, SEVEN. DAS MIT DEM SCHREIBEN KRIEGST DU IM NU HIN.
ALSO BLEIB AM BALL, JA?

WAS IST?
BEEIL DICH!
GEHEN WIR!
KOMME!

DONK
Sehr gut!
DU SOLLTEST DEM ALLMÄCHTIGEN REGENRADAR NICHT MISSTRAUEN!
DAS LÜGT NÄMLICH NIE!
BOAH, DAS HAT JA GAR NICHT MEHR AUFGEHÖRT, ZU SCHÜTTEN.
SOLCHE REGENSCHAUER DAUERN SONST DOCH NIE SO LANGE.
SEVEN, MEIN SEVEN, FRISCH DEM JUNGBRUNNEN ENTSTIEGEN.

AKAMATSU, MEIN AKAMATSU, KANN KEIN WÄSSERCHEN TRÜBEN.
WAS WILLST DU DENN DAMIT SAGEN?
HMPF!
ICH BIN NICHT TRÜBE!
LABER NICHT SO 'N BLÖDSINN, SONST HAB ICH KEINE LUST MEHR!
WAS?
WILLST DU POPPEN?! JETZT?!
ÄH ...
SCHON.
...
Was ist das denn für 'ne Pose?
ZPP
Botticelli, was sonst?

ES IST NUR, NA JA ... DAS KOMMT GERADE SO PLÖTZLICH ...
SORRY ...
NICHT SCHLIMM.
WENN'S BEI DIR NICHT PASST, ...
... KANNSTE AUCH MICH RANNEHMEN.
FSSSH
DEIN ARSCH INTERESSIERT MICH EIGENTLICH HERZLICH WENIG.
ABER IRGENDWANN MUSS ES JA MAL KLAPPEN!
DAS HEISST, ICH DARF?
ÄH ... OKAY ...
Das volle Programm?
ALSO, WILLST DU JETZT?
ER BLEIBT GANZ COOL!

OH, ABER SEIN KÖRPER ...
... IST GANZ WARM.
HEUTE PENNST DU NICHT WIEDER WEG, ODER?
ÄH ... HÄ?!
BIN ICH LETZTES MAL EINGE-PENNT?
BIST DU.
ARGH ...
Tut mir leid ...
ACH, AUF SO EIN BETT WAREN WIR EINFACH NICHT VORBEREITET.
WIE MEINST DU DAS?
GEHEN WIR'S SCHRITT FÜR SCHRITT AN.
GUT.

DANN KOMMT DER REST ...
... VON ALLEIN.
KISS
SLPP
Hah!

SLPP
SLPP
FWPP
MERKST DU WAS?
WIR SIND ZUM ERSTEN MAL NACKT.
SLPP
Vom Baden mal abgesehen.
SLPP
LÄNGST ÜBERFÄLLIG!
Hah!

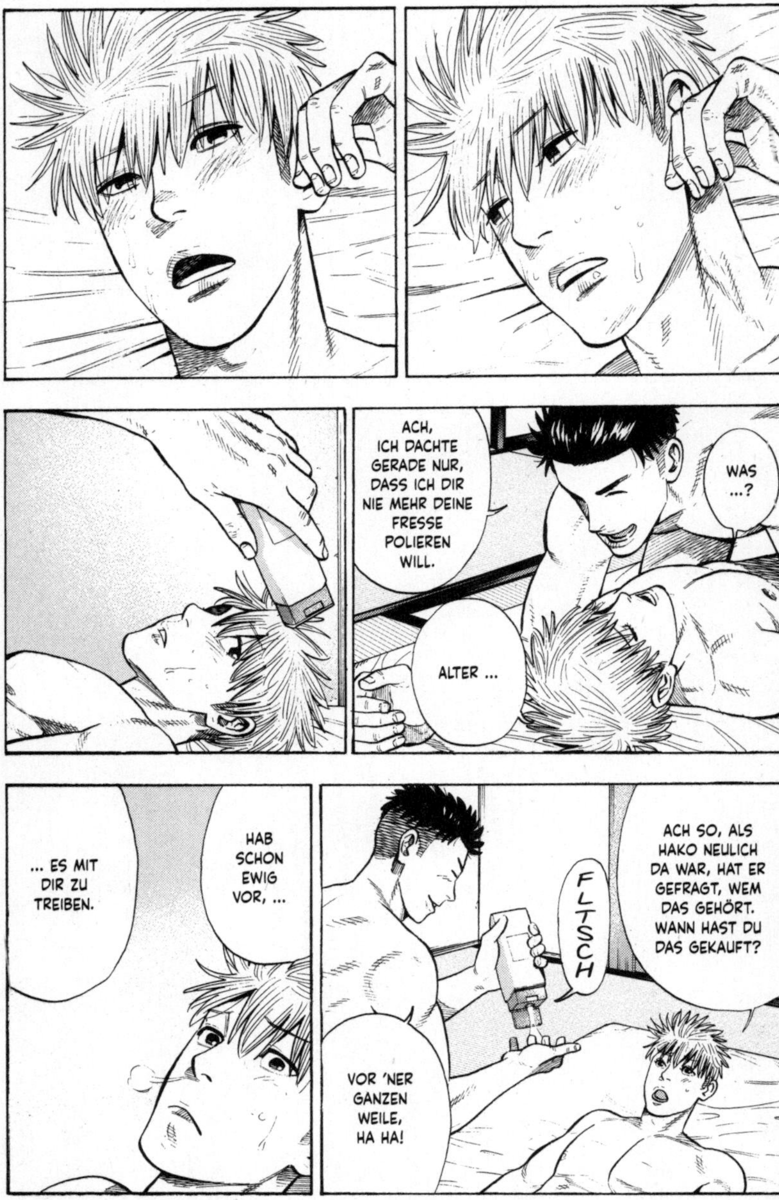
ALTER ...
WAS ...?
ACH, ICH DACHTE GERADE NUR, DASS ICH DIR NIE MEHR DEINE FRESSE POLIEREN WILL.
ACH SO, ALS HAKO NEULICH DA WAR, HAT ER GEFRAGT, WEM DAS GEHÖRT. WANN HAST DU DAS GEKAUFT?
FLTSCH
VOR 'NER GANZEN WEILE, HA HA!
HAB SCHON EWIG VOR, ...
... ES MIT DIR ZU TREIBEN.

HAST DU SCHON MAL MIT DEINEM ARSCH GESPIELT?
Ich bringe Eight um!
Nein, sei lieber da für ihn!
ÄH ... HAB MIR MAL 'NEN FINGER REINGESTECKT, DAS WAR IRGENDWIE EIN KOMISCHES GEFÜHL. HAT ABER WENIGER WEHGETAN ALS DER BLÖDE ANALSTÖPSEL!
UND SONST WAR DA NOCH NIE WAS DRIN?
EIN HÄMORRHOIDEN-ZÄPFCHEN VON MEINEM VATER.
OH, HERVORRAGENDE WAHL!
OKAY! DANN SCHAU ICH DA JETZT MAL VORBEI!
FWOMM
SAG DAS NICHT MIT SO EINEM ALBERNEN GESICHT, MANN!
FLPP
BRING MICH NICHT ZUM LACHEN ...
HE HE.
AH!
FLUPP

GEHT'S?
ABER SAG DOCH WAS, BEVOR DU LOSLEGST.
HAB ICH DOCH.
JA ... SCHON ...
HAH ...
TSCH
TSCH
UH!
FLPP
ALLES GUT?
HM ...
Hah!
...
FTSCH
FTSCH
TUT GAR NICHT WEH ...
Hah!
FLMPP
!
...

DAS, MEINE DAMEN UND HERREN, WÄRE DANN ALSO DIE PROSTATA.
Ugh, shit!
AH, WAS IST DAS?
HAH!
ENT-SPANN DICH.
SIND WIR JETZT AUF EINER RUNDFAHRT?
DPP DPP
WAS?
HE, WARTE ...
HEY, FREMDEN-FÜHRER!
AH!
SOLL ICH MAL DEINEN SCHALTHEBEL BEDIENEN?
AGH, UFF! IST DAS KRASS!
FAPP FAPP
BMM BMM
Hfff!
Hfff!
Hah!
Hah!
UGH, FUCK!
AH!
DEIN FREMDEN-FÜHRER IST AUSDAUERND, MUSST DU WISSEN.

ICH PLÄDIERE FÜR EINEN HÖFLICHEN UMGANG IN UNSEREN VIER WÄNDEN!
AH!
AH, WARTE!
AUSZEIT! AUSZEIT!
AH!
Ah!
FLTSCH
FLTSCH
FLTSCH
FLTSCH FLTSCH
TSCH
FLTSCH
BEEILST DU DICH BITTE MAL?
FÜHLT SICH GERADE NUR KOMISCH AN ...
Hnf!
Hnf!
MUSST DU KACKEN? GEH RUHIG KURZ!
N...!
ALLES OKAY?
JA.
ALLES GUT?
JA, MANN!
WIRKLICH?
Du bist recht entspannt da unten. Könnte langsam klappen.
ABSOFUCKING-LUTELY, MANN! JETZT MACH SCHON!
DU HAST VOLL DEN HARTEN!
Hah!
TSHK
Deiner ist aber auch groß...
OKAY, DANN GEHT'S JETZT LOS!

DANN MAL LOS!
WIRD SCHON!
WIRD SCHON!
IST JA NICHT DAS ERSTE MAL, DASS DA WAS REINGEHT. ALLES GUT. ICH STELL MIR EINFACH VOR, DAS WÄRE EINE NEUWAGENAUS-LIEFERUNG.
WOMM
WOMM
WOMM
DEIN SCHWANZ ...
... HAT WAS VON EINEM MACHO-PROLL!
IST MEIN AUTO-CONTAINER IN ORD-NUNG?!
PAMM
NOPE! WIRD DOCH NICHTS!
HAH!
HAH!
PAMM
KRRRT
WIRD SCH...
RTT
Hah!
HAAAH!
GNH
SORRY, ICH MACH LANG-SAMER ...
GNH ...
Hah!
IGH! IGH!
Uh!

HAH!
FTSH
FTSH
HAH!
Hnf!
Hnf!
Hnf!
AH ...
IST DRIN!
ZO
DOMM
?
FJUUUUU
BOMM
ODER?

EIN FEUER-WERK?
BOMM
ZUR FEIER MEINES NEUWAGENS?! UND WANN HAT'S AUFGE-HÖRT, ZU REGNEN? ALTER! KONZENTRIER DICH!
LASS UNS MAL KURZ WARTEN ...
Uh!
Uh!
Uh!
BOMM
HAH!
Hnf!
ICH BEWEG MICH JETZT ...
FTT FTT
UGH!
HAH!
FLTSH
BOMM
Hah!
Hah!
GEHT'S ...?
JA ...

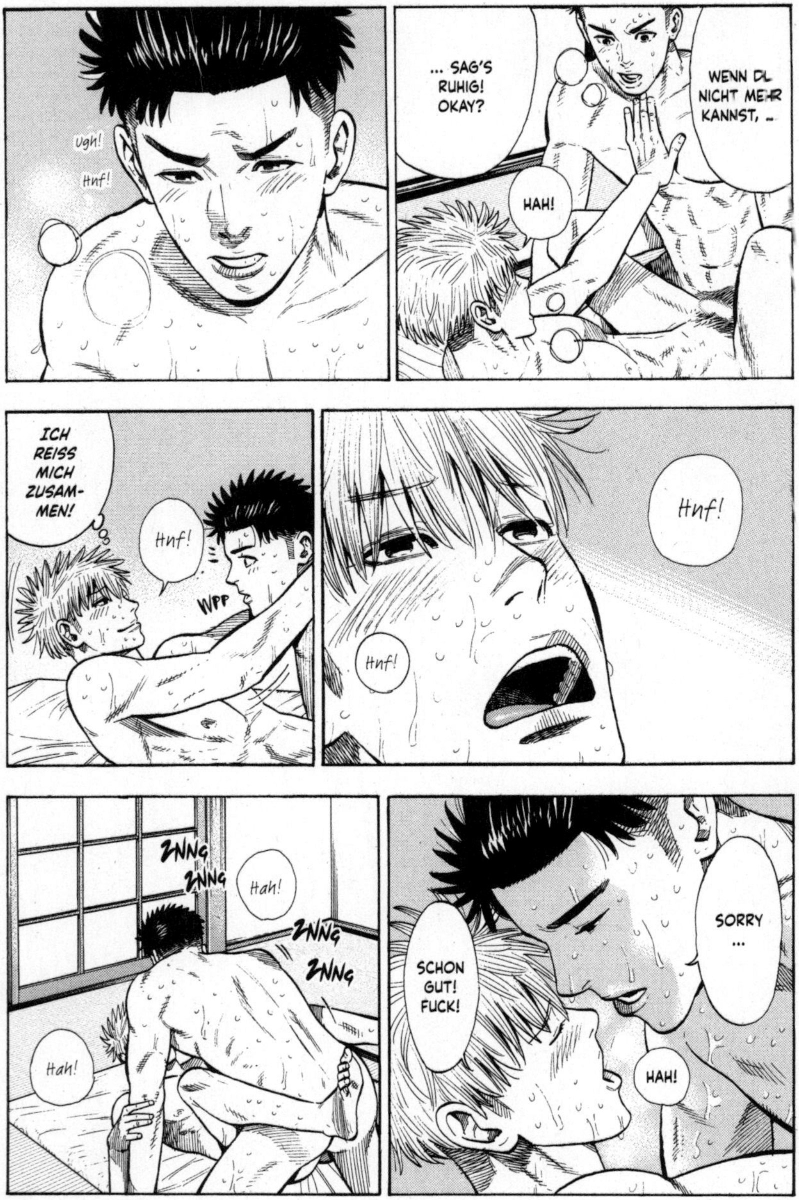

WENN DU NICHT MEHR KANNST, ...
... SAG'S RUHIG! OKAY?
HAH!
Ugh!
Hnf!
Hnf!
Hnf!
ICH REISS MICH ZUSAM-MEN!
Hnf!
WPP
SORRY ...
SCHON GUT! FUCK!
HAH!
ZNNG
ZNNG
Hah!
ZNNG
ZNNG
Hah!

BOBOOOOMM
BOMM
BOMM
BOBOMM
DAS FEUERWERK IST GANZ SCHÖN LAUT, ODER?
BIN ICH FROH, DASS ES VORBEI IST.
ALLES GUT?
HM.
SORRY, DAS ERSTE MAL IST IMMER SCHEISSE. ABER MAN GEWÖHNT SICH SCHNELL DARAN UND DANN GEHT'S.
JA.
PSSSSH
PRTT PRTT
DAS MUSS IN DER NÄHE SEIN.
AH, MAN SIEHT ES SOGAR!

Kapitel 16 – Ende

AKAMATSU
& SEVEN

Kapitel 17
Akamatsu & Seven

VNNNNNN
ZIRP
ZIRP
BMM BMM
Haaah!
Hnf!
ZIRP
ZIIIIIRP
ZUSAMMEN-FASSUNG:
Hah! Hah!
Hah!
Hah!
VOM DEM VIELEN ORALSEX HAB ICH VOLL DIE MUCKIS AM KIEFER BEKOMMEN. DER WÜRDE JETZT SELBST 'NER BACKPFEIFE VON EINEM PROFIBOXER STANDHALTEN.
HAH!
ZNNG ZNNG
GEHT'S?
J... JA... RGH!
ZNNG
MEIN „PIMMELLEBEN" BEINHALTET JETZT AUCH SEX.

WAH!
PAMM
PAMM
Hah!
Hah!
IST DAS ... GEIL ...
Hnf!
Hnf!
Hnf!
ZNNG
AH!
ZNNG
AH!
ZNNG

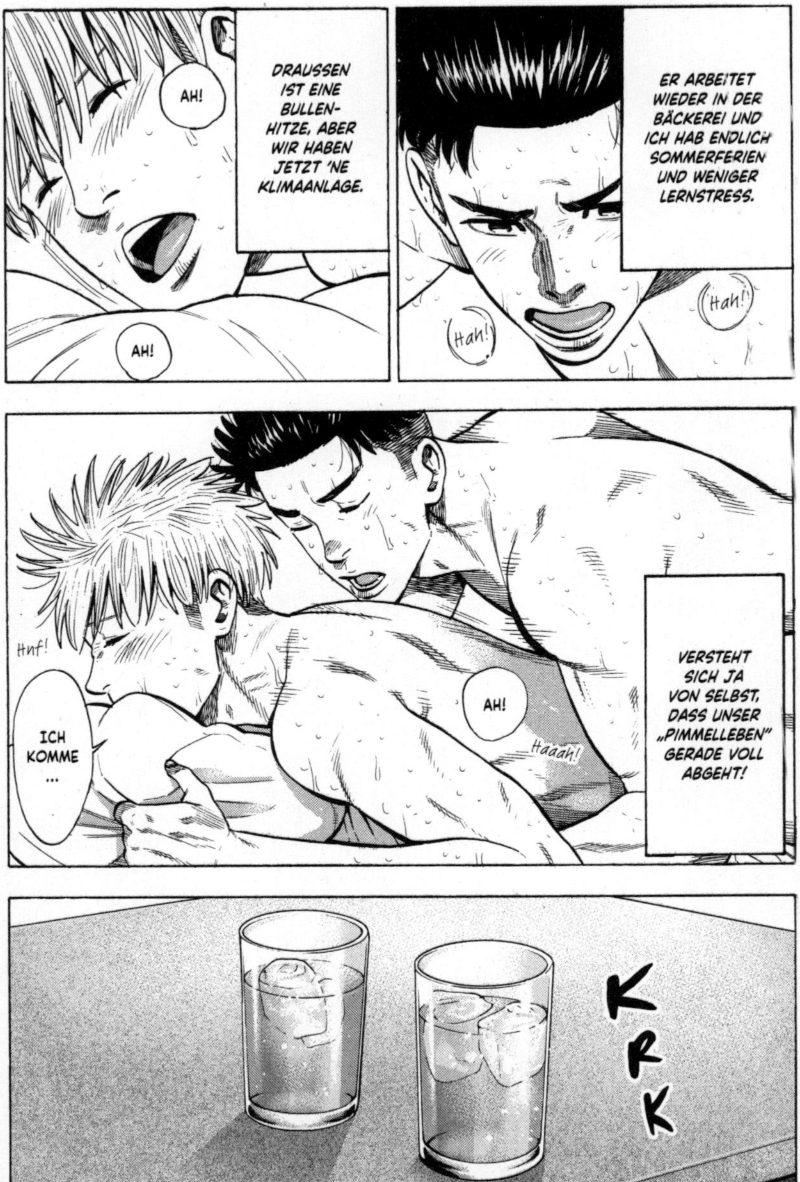
DRAUSSEN IST EINE BULLEN-HITZE, ABER WIR HABEN JETZT 'NE KLIMAANLAGE.
AH!
AH!
ER ARBEITET WIEDER IN DER BÄCKEREI UND ICH HAB ENDLICH SOMMERFERIEN UND WENIGER LERNSTRESS.
Hah!
Hah!
VERSTEHT SICH JA VON SELBST, DASS UNSER „PIMMELLEBEN" GERADE VOLL ABGEHT!
AH!
Haaah!
Hnf!
ICH KOMME ...
KRRK

ICH GLAUB, ICH HAB JETZT DEN DREH RAUS MIT MEINEM ARSCH.
ABER WENN ICH JETZT IN DIESEM ALTER MIT ANALSEX ANFANGE, WIE WIRD DAS WOHL SPÄTER MIT MIR ENDEN?
VRRR
ICH MACH DAS, SEIT ICH 12 BIN, ALSO ALLES SAFE. SOLANGE DU ES NICHT ÜBERTREIBST.
SO LANGE SCHON?
ICH GLAUBE, ICH WÜRDE AUCH GERN MAL DICH POPPEN, OBWOHL ICH ERST NICHT WOLLTE.
WAS? SACHIKO IST ZURÜCK?
HM? MEINST DU HAKO?
NEIN, MANN. DAS ÄFFCHEN.
ÄFFCHEN? SAG NICHT, DU HAST EINEN AUS DEN BERGEN MITGEBRACHT, NACHDEM EINER VON DENEN MIR EINE RUNTERGEHAUEN HAT?
War es auch auf dem Psychofoto drauf?
Was stimmt nicht mit deinem Kopf?
ALTER, BIST DU BLÖD? SCHALT MAL DEINE HOHL-BIRNE EIN!
AN JENEM TAG ...
SACHIKO IST DIE ÄFFIN, DIE TAKASU BEI SICH GEHALTEN HATTE.
AN JENEM TAG IST SIE VERSCHWUNDEN.
HABT IHR SACHIKO GESEHEN?
NÖ, SCHON LÄNGER NICHT MEHR.
HEY! WEISS JEMAND, WO SACHIKO IST?

ICH WAR GERADE AM WÄSCHEAUF-HÄNGEN.
WAS?
DA SAH ICH, WIE EIN BENGEL AUS DER NACH-BARSCHAFT MIT SACHIKO ABHAUEN WOLLTE.
AH!
HIERGE-BLIEBEN! HEY!
TATA TAPP
TAPP
WAAAH!
Hah! Hah!
J.W.
AH!
FWUSH
ICH HAB 'NEN HECHTSPRUNG HINGELEGT UND SACHIKO GEFANGEN.
SAKURAI

FWUMP
UND DANN WAR DA AUF EINMAL DIESES ALTE EHEPAAR, DAS GERADE SPAZIEREN GING.
OJE, HAST DU DIR WEH-GETAN?
FWUP
WÜRDEN SIE SICH UM DIESES ÄFFCHEN KÜMMERN?
HÄ?
STER NE

SIE IST NACHTAKTIV UND KOMMT AUS DEM TROPISCHEN REGENWALD.
DU HAST JA GROSSE AUGEN!
SIE REAGIERT EMPFINDLICH AUF LICHT UND KÄLTE, ALSO WICKELN SIE SIE BITTE IMMER SCHÖN EIN. OH, UND SIE FRISST OBST.
ABER DAS GEHT DOCH NICHT ...
MACHEN SIE'S GUT!
ICH HAB SIE DEM LIEBEN EHEPAAR IN DIE HÄNDE GEDRÜCKT UND BIN AB-GEHAUEN.
EIGENTLICH BRAUCHT MAN FÜR DIE HALTUNG EINES PLUMPLORIS EINEN HEIMTIERAUSWEIS, SONST WIRD MAN VERHAFTET.
ZUM GLÜCK IST SIE WIEDER AUFGETAUCHT!
IST JA NOCH VIEL SCHLIMMER ALS MEIN ABHAUEN VON ZU HAUSE! UND DU SCHWINGST HIER IMMER DIE GROSSEN REDEN? KOMM ICH GERADE GAR NICHT KLAR DRAUF!
Wie konntest du diesen lieben Leuten nur so was andrehen, wenn du wusstest, dass sie dafür ins Gefängnis wandern könnten?
DU HATTEST ZUMINDEST EINE ZUKUNFT VOR DIR.
DU HAST DOCH JETZT AUCH EINE.
JA, STIMMT.

ICH HANDLE MANCHMAL EBEN AUCH IMPULSIV. SO WIE DU, DER DAMALS SPONTAN MIT EINEM FREMDEN TYPEN IM PARK STREIT ANGEZETTELT HAT.
Uff!
Okay, genug in der düsteren Vergangenheit gekramt!
KNUFF
KNUFF
WIR SIND UNS GAR NICHT SO UNÄHNLICH, ODER?
MEINST DU? ICH WEISS JA NICHT ...
ICH HATTE ES TAUSENDMAL LEICHTER ALS DU.
WOBEI, NICHT NUR ICH ... KAUM JEMAND WIRD DAS ERLEBT HABEN, WAS DU DURCHMACHEN MUSSTEST.
DU STREICHELST GERN, ODER?
JA.
SST
SST

DREI MONATE ...
HEY, AKAMATSU! WIE WAREN DEINE SOMMER-FERIEN?
BOAH, BIST DU BRAUN GE-WORDEN!
SONNEN AM WASSER, SONNEN AUFM RAD, SCHATTEN IM HERZEN, AKAMATSU, WAS IST DEIN RAT?
JA, MANN! HAST DU'S BEMERKT?
BIST DU JETZT IM RAP-KLUB ODER SO?
NA JA, MIT RAP HAT DAS MEINER MEINUNG NACH WENIG ZU TUN ...

UND WAS GEHT BEI DIR? MIT 'NER LADY SCHÖN DAHINGEFLOSSEN, JUNGFRÄULICHKEIT ENDLICH ABGESCHOSSEN?
Schön geknallt?
JA, WAR MEGA.
ALTER, BIST DU ZU 'NEM HUND GEWORDEN, DEM MAN DIE REISSZÄHNE GEZOGEN HAT? WAS IST DENN LOS?
Hat man dich umerzogen? Zu einem Schoßhündchen?
VOR SCHOCK HAT ER MIT SEINER SCHLECHTEN RAP-KUNST AUFGEHÖRT.
ICH WAR EIGENTLICH NOCH NIE BESONDERS DER DRAUFGÄNGER.
WAHRSCHEINLICH HAB ICH EINFACH NUR LÄNGER GEBRAUCHT ALS DIE ANDEREN, UM MEINEN PLATZ ZU FINDEN.
SO RICHTIG SICHER BIN ICH MIR ABER NICHT ...
ANWESENHEIT!

AKAMATSU!
HIER!
ONKEL, ICH HELFE DIR.
ZIIIRP
WIRD LANGSAM WIEDER KÜHLER, HM?
JA.
HOFFENTLICH WACHSEN DIE MÖHREN SCHNELL.
IHR ESST HEUTE ZU HAUSE, ODER? HIER, GIB DAS DEINER MUTTER.
Grüß deine Mutter von uns!
DANKE SCHÖN!

DA SEID IHR JAAA!
LANG NICHT MEHR GESEHEN, JUNGS!
DEIN VATER IST AUCH DA, ABER MACH DIR NICHTS DRAUS.
WIRD SCHON SCHIEF-GEHEN!
CIAO
CIAO
Lass das!

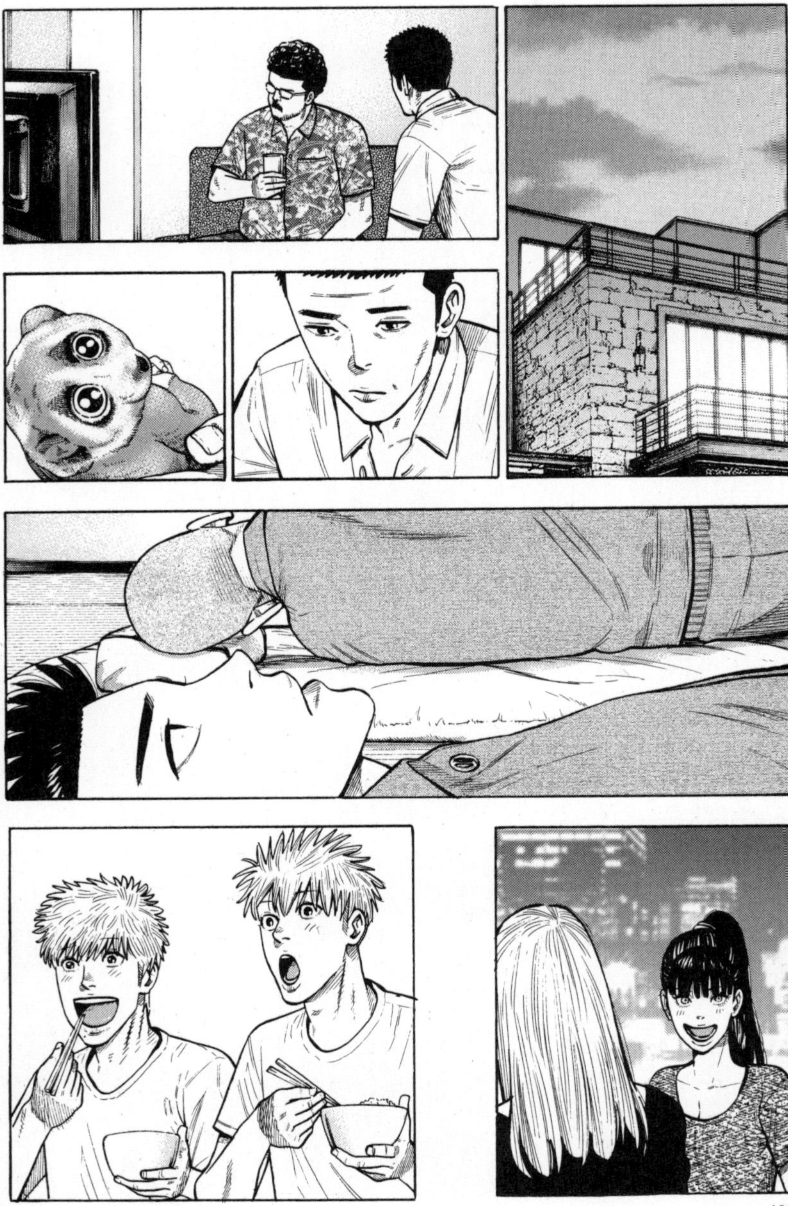

ZIRP
ZIRP
WMP
WMP
DAS GING SCHNELL.

CIAO
者募集
Room

DANN BIS SPÄTER.
JA, BIS DANN!

入居者募集
月極駐車場

OH!
ACH SO!
WIR HABEN KEINE NASHI-BIRNEN MEHR! KAUFST DU BITTE NOCH EIN PAAR GROSSE?
JA, MACH ICH.
DAFÜR BRINGST DU DIE WINTER-KLAMOTTEN ZUR REINI-GUNG.
GEHT KLAR! DANN BIS HEUTE ABEND!
GROSSE NASHIS EINKAUFEN.
LÄUFT!

WARUM MÜSSEN DIE WINTERSACHEN IMMER SO SCHWER SEIN?
OH, ABER DAMIT SAMMELN WIR JA AUCH WIEDER TREUE-PUNKTE.
LÄUFT!

Kapitel 17 – Ende

DANKE FÜRS LESEN!

AKAMATSU & SEVEN

Verlegt unter dem Label KAZÉ MANGA
durch Crunchyroll SA

Aus dem Japanischen von Gandalf Bartholomäus

Redaktion: Beatrice Tavares

Herstellung: Sonja Lesch

Lettering: STUDIO CHARON

Druck und Bindung: GGP Media GmbH, Pößneck

ISBN: 978-2-88951-362-8